DIE WEIDEN

Thomas M. Meine

DIE WEIDEN

nach dem Buch
The Willows
von **Algernon Blackwood**
erschienen im Jahre 1907

Bibliografische Information der Deutschen Nationalbibliothek:
Die Deutsche Nationalbibliothek verzeichnet diese Publikation in
der Deutschen Nationalbibliografie; detaillierte bibliografische
Daten sind im Internet über http://dnb.dnb.de abrufbar.

© 2025 Algernon Blackwood
Verlag: BoD · Books on Demand GmbH, Überseering 33,
22297 Hamburg, bod@bod.de
Druck: Libri Plureos GmbH, Friedensallee 273, 22763 Hamburg
Alle Rechte vorbehalten

2. Auflage November 2025

ISBN: 978-3-7597-5198-0

INHALT

KAPITEL I.

Nachdem man Wien verlassen hat und lange bevor man nach Budapest kommt, tritt die Donau in ein Gebiet von einzigartiger Einsamkeit und Verlassenheit ein, wo sich viel Wasser nach allen Seiten ausbreitet, ohne dem Hauptstrom zu folgen. Das Land verwandelt sich hier auf viele Meilen in einen Sumpf, der von einem riesigen Meer von Weidenbüschen bedeckt ist.

Auf den großen Landkarten ist dieses verlassene Gebiet in einem zarten Blau dargestellt, das blasser wird, je weiter man sich vom Ufer entfernt, und quer darüber steht in großen weit auseinanderstehenden Buchstaben das Wort *'Sümpfe'*.

Bei Hochwasser ist diese große Fläche aus Sand, Kiesbänken und mit Weiden bewachsenen Inseln fast vollständig überflutet. Zu anderen Zeiten aber biegen sich die Büsche, rascheln im Wind und zeigen ihre silbernen Blätter im Sonnenschein in einer sich ständig bewegenden Ebene von verwirrender Schönheit.

Diese Weiden erreichen nie die majestätische Erscheinung von Bäumen; sie haben keine kräftigen Stämme; sie bleiben eher bescheidene Sträucher mit runden Spitzen und weichen Konturen. Sie schaukeln auf schlanken Stämmen, die dem geringsten Druck des Windes nachgeben, geschmeidig wie Gräser, sich ständig hin und her wiegend, sodass irgendwie der Eindruck entsteht, die ganze Ebene sei in Bewegung und lebendig, denn der Wind schickt Wellen los, die sich über die ganze Fläche heben und senken, Blätterwellen statt Wasserwellen, grüne Wellen, wie die des Meeres, bis die Zweige sich drehen und heben, und dann silbrig-weiß erscheinen, wenn ihre Unterseite sich der Sonne zuwendet.

Glücklich darüber, den Zwängen der strengen Ufer zu entkommen, schlängelt sich die Donau hier nach Belieben durch das verschlungene Netz von Kanälen, die überall die Inseln mit breiten Alleen durchschneiden, durch die sich das Wasser mit schreiendem Getöse ergießt. Sie bildet Strudel, Wirbel und schäumende Stromschnellen, zerrt an den Sandbänken, trägt Massen von Ufergestrüpp und Weidenbüscheln mit sich und bildet unzählige neue Inseln, die täglich ihre Größe und Form ändern und bestenfalls ein vergängliches Leben haben, denn die Zeit der Flut wird ihre Existenz auslöschen.

Genau genommen beginnt dieser faszinierende Teil des Flusslebens bald nach dem Verlassen von Pressburg [Bratislava], und wir erreichten ihn, in unserem kanadischen Kanu mit Zigeunerzelt und Bratpfanne an Bord, auf dem Scheitelpunkt einer steigenden Flut, etwa Mitte Juli.

Noch am selben Morgen, als sich der Himmel vor Sonnenaufgang rötlich färbte, waren wir rasch durch das noch schlafende Wien geglitten, von dem ein paar Stunden später nur noch eine unscheinbare Dunstwolke vor den blauen Hügeln des Wienerwaldes am Horizont zu sehen war.

Wir hatten unterhalb von Fischamend [Niederösterreich] unter einem vom Wind rauschenden Birkenhain gefrühstückt, waren dann auf dem reißenden Strom an Orth, Hainburg und Petronell-Caruntum (dem ehemaligen römischen Legionslager des Marcus Aurelius) vorbeigefahren und dann weiter unter den düster aussehenden Höhen von Theben, einem Ausläufer der Deviner Karpaten, wo sich die March von links leise anschleicht und die Grenze zwischen Österreich und Ungarn überschritten wird.

Eine rasende Fahrt von zwölf Stundenkilometern führte uns bald weit nach Ungarn hinein, und das schlammige Wasser – ein sicheres Zeichen für Hochwasser – ließ uns auf so einigen Kiesbetten stranden und wirbelte uns wie einen Korken in manchem plötzlich auftauchenden Strudel herum, bevor sich die Türme von Pressburg (ungarisch: Pozsóny) gegen den Himmel abzeichneten.

Und dann flog das Kanu, springend wie ein temperamentvolles Pferd, mit Höchstgeschwindigkeit unter den grauen Mauern hindurch, passierte sicher die abgesenkte Kette der Gierseilfähre, bog scharf nach links ab und stürzte auf gelbem Schaum in die Wildnis von Inseln, Sandbänken und Sumpfland – das Land der Weiden.

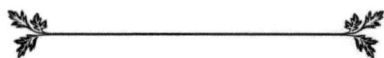

Der Wechsel kam so plötzlich, als würde man durch einen Projektionsapparat gerade noch die Straßen einer Stadt sehen und dann, ohne Vorwarnung, in eine Seen- und Waldlandschaft versetzt werden.

Wie auf Flügeln wurden wir in dieses Land der Trostlosigkeit hineingetragen, und in weniger als einer halben Stunde war kein Boot, kein rotes Dach, kein Zeichen menschlicher Besiedlung und Zivilisation mehr zu sehen.

Das Gefühl der Abgeschiedenheit von der Welt der Menschen, die völlige Isolation, der Zauber dieser einzigartigen Welt der Weiden, der Winde und des Wassers zog uns beide sofort in seinen Bann, sodass wir uns lachend eingestehen mussten, dass wir von Rechts wegen im Besitz eines besonderen Passes sein müssten, der uns den Zutritt erlaubte, und dass wir in gewisser Weise kühn und ohne Erlaubnis in ein eigenes kleines Reich der Wunder und der Magie eingedrungen waren – ein Reich, das anderen vorbehalten war, die ein Recht darauf hatten, dort zu sein und in dem es überall ungeschriebene Warnungen für Eindringlinge gab, wenn man die Vorstellungskraft hatte, sie zu entdecken.

Es war noch früh am Nachmittag, aber die ständigen Stöße eines höchst stürmischen Windes hatten uns müde gemacht und wir begannen sofort, uns nach einem geeigneten Lagerplatz für die Nacht umzusehen.

Die verwirrende Inselwelt machte das Anlanden schwierig. Die wirbelnde Flut trug uns erst ans Ufer und riss uns dann wieder hinaus. Die Weidenzweige scheuerten unsere Hände auf, als wir sie ergriffen, um das Kanu zu stoppen. Wir zogen viele Meter sandiges Ufer ins Wasser, bevor wir schließlich mit einem großen seitlichen Windstoß in ein Nebengewässer schossen und den Bug des Kanus in einer Gischtwolke an Land brachten.

Nach unseren Anstrengungen lagen wir keuchend und lachend auf dem heißen gelben Sand, geschützt vor dem Wind und in der vollen Glut einer sengenden Sonne. Über uns war ein wolkenloser blauer Himmel und ein riesiges Heer von tanzenden, schreienden Weidenbüschen, die uns von allen Seiten einschlossen, vom Spritzwasser leuchteten und mit ihren tausend kleinen Händen klatschten, als wollten sie den Erfolg unserer Anstrengungen bejubeln.

»Was für ein Fluss!«, sagte ich zu meinem Begleiter und dachte an den weiten Weg, den wir nach der Quelle im Schwarzwald zurückgelegt hatten, und wie oft wir Anfang Juni in den oberen seichten Gewässern waten und schieben mussten.

»Mit ihr ist jetzt nicht zu spaßen, wie es aussieht«, sagte er, zog das Kanu ein Stück weiter in Sicherheit auf den Sand und legte sich dann zu einem Nickerchen hin.

Ich lag neben ihm, glücklich und friedlich im Bad der Elemente – Wasser, Wind, Sand und das große Feuer der Sonne – und dachte an die lange Reise, die hinter uns lag, und an die große Strecke vor uns bis zum Schwarzen Meer. Und wie glücklich war ich, einen so liebenswürdigen und angenehmen Reisebegleiter zu haben, wie meinen Freund, den Schweden.

Wir hatten gemeinsam schon viele ähnliche Reisen unternommen, aber die Donau hat uns von Anfang an, mehr als jeder andere Fluss, den ich kenne, mit ihrer *Lebendigkeit* beeindruckt. Von ihrem winzigen, sprudelnden Eintritt in die Welt in den Kiefergärten von Donaueschingen bis zu diesem Moment, in dem sie das große Spiel des Flusses zu spielen begann und sich unbeobachtet und unkontrolliert in den verlassenen Sümpfen verlor, hatten wir das Gefühl, das Wachsen eines Lebewesens zu verfolgen.

Zuerst schläfrig, dann aber, als sie sich ihrer tiefen Seele bewusst wurde, heftige Begierden entwickelnd, rauschte sie wie ein riesiges flüssiges Wesen durch alle Länder, die wir durchquert hatten. Sie hielt unser kleines Boot auf ihren mächtigen Schultern, spielte manchmal grob, doch stets freundlich und wohlwollend mit uns, bis wir sie unweigerlich als eine große Persönlichkeit betrachteten.

Wie könnte es auch anders sein, da sie uns so viel von ihrem geheimen Leben erzählt hatte? Nachts, wenn wir in unserem Zelt lagen, hörten wir, wie sie zum Mond sang und dieses seltsame Zischen von sich gab, von dem man sagt, dass er durch das schnelle Wegreißen der Kieselsteine auf ihrem Grund verursacht wird, so groß ist ihre rasende Geschwindigkeit.

Wir kannten auch die Stimme ihrer gurgelnden Strudel, die plötzlich auf einer zuvor ruhigen Oberfläche aufbrausen, das Tosen ihrer Untiefen und Stromschnellen, ihr ständiges, gleichmäßiges Donnern unter allen reinen Oberflächengeräuschen; und das unablässige Zerren ihres eisigen Wassers an den Ufern.

Wie sie sich aufbäumte und schrie, wenn ihr der Regen aufs Gesicht prasselte! Und wie sie lachte, wenn der Wind stromaufwärts wehte und versuchte, ihre wachsende Geschwindigkeit zu bremsen!

Wir kannten alle ihre Geräusche und Stimmen, ihr Trommeln und Schäumen, ihr unnötiges Plätschern gegen die Brückenpfeiler, das verlegene Geplapper, wenn Hügel in Sicht waren, die affektierte Erhabenheit, wenn sie die kleinen Städte passierte, und sich für zu wichtig hielt, um zu lachen, und all dieses leise, süße Flüstern, wenn die Sonne sie in einer langsamen Kurve einfing und auf sie herunter strahlte, bis der Dampf aufstieg.

Schon in ihrem frühen Lebensabschnitt, bevor die große Welt sie zur Kenntnis nahm, war sie voller Überraschungen. Es gab Stellen im Oberlauf inmitten der schwäbischen Wälder, als sie von ihrer späteren Bestimmung noch nichts ahnte, wo sie sich entschloss, in Löchern im Boden zu verschwinden, um auf der anderen Seite der porösen Kalksteinhügel wieder hervorzukommen und einen neuen Fluss mit einem anderen Namen zu beginnen. Sie ließ dabei so wenig Wasser in ihrem eigenen Bett zurück, dass wir aussteigen und das Kanu durch Meilen von seichten Stellen schieben mussten.

Ein großes Vergnügen findet sie in den Tagen ihrer sorglosen Jugend daran, sich in Lauerstellung zu begeben, kurz bevor die turbulenten Nebenflüsse aus den Alpen auf sie zu flossen, um sich ihr anzuschließen. Sie tat so, als würde sie es nicht merken, wenn sie da waren. In dieser Weise liefen meilenweit nebeneinander her, mit deutlich erkennbarer Trennlinie, sogar auf verschiedenen Ebenen, und die Donau weigerte sich beharrlich, den Neuling zur Kenntnis zu nehmen.

Unterhalb von Passau aber gab sie diese besondere List auf, denn dort kommt der Inn mit donnernder Kraft herein, die nicht zu ignorieren ist. Er drückt und bedrängt den Hauptfluss so, dass in der langen, gewundenen Schlucht, die folgt, kaum Platz für beide ist, und die Donau wird mal hier und mal dort gegen die Felsen gedrückt und gezwungen, sich mit großen Wellen und viel Hin- und Herschlagen zu beeilen, um rechtzeitig durchzukommen.

Und während dieser Auseinandersetzung glitt unser Kanu von oben nach unten und hatte die beste Zeit seines Lebens in den tobenden Wellen. Doch der Inn erteilte dem alten Fluss eine Lektion, und nach Passau tat die Donau nicht mehr so, als ob sie Neuankömmlinge ignorieren würde.

Das war natürlich schon viele Tage her, und seitdem hatten wir andere Seiten des großen Wesens kennengelernt, und über die bayerische Weizenebene von Straubing floss sie so langsam unter der gleißenden Juni-Sonne, dass wir uns gut vorstellen konnten, dass nur die oberste kleine Schicht aus Wasser bestand, während sich darunter, verborgen wie unter einem seidenen Mantel, ein ganzes Heer von Undinen bewegte, die lautlos und unsichtbar zum

Meer hinunter zog, und auch sehr gemächlich, damit sie nicht entdeckt wurden.

Vieles verzeihen wir ihr auch wegen ihrer Freundlichkeit gegenüber den Vögeln und Tieren, die an den Ufern lebten. Kormorane säumten die Ufer an einsamen Stellen in Reihen wie kurze schwarze Pfähle; graue Krähen drängten sich auf den Kiesbänken; Störche standen fischend in den Schneisen des seichteren Wassers, die sich zwischen den Inseln auftaten, und Habichte, Schwäne und Sumpfvögel aller Art erfüllten die Luft mit schimmernden Flügeln und ihren singenden, launischen Schreien.

Es war unmöglich, sich über die Launen des Flusses zu ärgern, wenn man sah, wie ein Reh bei Sonnenaufgang mit einem Platschen ins Wasser sprang und am Bug des Kanus vorbeischwamm; und oft sahen wir Rehkitze, die uns aus dem Unterholz anglotzten, oder blickten direkt in die braunen Augen eines Hirsches, als wir mit voller Neigung um eine Ecke stürmten und einen anderen Flussabschnitt erreichten.

Auch Füchse spukten überall an den Ufern herum, trippelten zierlich zwischen dem Treibholz umher und verschwanden so plötzlich, dass es unmöglich war, zu sehen, wohin sie verschwanden.

Aber jetzt, nachdem wir Pressburg verlassen hatten, änderte sich alles ein wenig, und die Donau wurde ernster. Sie spielte nicht mehr; sie hatte den halben Weg zum Schwarzen Meer hinter sich gelassen und ahnte schon die anderen, fremden Länder, in denen keine Spielereien erlaubt waren oder verstanden wurden. Sie wurde mit einem Mal erwachsen und nötigte uns Respekt, ja sogar Ehrfurcht ab. Sie teilte sich in drei Arme auf, die erst hundert Kilometer weiter unten wieder zusammenkamen, und für ein Kanu gab es keine Anhaltspunkte, welchem man folgen sollte.

»Wenn ihr einen Seitenkanal nehmt«, sagte der ungarische Offizier, den wir in Pressburg in einem Geschäft beim Einkaufen von Proviant trafen, »könntet ihr, wenn der Wasserspiegel fällt, auf dem Trockenen hängen bleiben, vierzig Meilen weit weg von allem, und ihr könntet leicht verhungern. Es gibt keine Menschen, keine Bauernhöfe, keine Fischer. Ich warne euch, weiterzufahren. Im Moment steigt der Fluss weiter an, und auch der Wind wird noch zunehmen.«

Das Ansteigen des Flusses schreckte uns nicht im Geringsten, aber die Aussicht, bei einem plötzlichen Absinken des Wassers auf dem Trockenen zu sitzen, könnte ernst sein, und wir hatten daher einen zusätzlichen Vorrat an Proviant mitgenommen. Im Übrigen bewahrheitete sich die Prophezeiung des

Offiziers, und der Wind, der von einem vollkommen klaren Himmel herunterkam, nahm stetig zu, bis er die Größe eines westlichen Sturms erreichte.

Es war früher als sonst, als wir unser Lager aufschlugen, denn die Sonne stand noch eine gute Stunde oder zwei über dem Horizont. Ich ließ meinen schlafenden Freund auf dem heißen Sand liegen, und ging etwas planlos herum, um unsere Lagerstätte zu erkunden. Ich fand heraus, dass die Insel weniger als einen Hektar groß war, eine bloße Sandbank, die etwa zwei oder drei Fuß über dem Flusspegel lag. Das entfernte Ende, das in den Sonnenuntergang zeigte, war mit der Gischt bedeckt, die der heftige Wind von den Kämmen der gebrochenen Wellen trieb. Sie hatte die Form eines Dreiecks, dessen Spitze stromaufwärts zeigte.

Ich stand mehrere Minuten lang da und sah zu, wie die ungestüme, purpurrote Flut tosend auf die Insel zustürmte, in Wellen gegen das Ufer schlug, als wolle sie es wegreißen, um dann in zwei schäumenden Strömen auf beiden Seiten vorbeizuziehen. Der Boden schien durch die Erschütterung und den Ansturm zu beben, und die heftigen Bewegungen der Weidenbüsche, als der Wind über sie hinwegfegte, verstärkten den sonderbaren Eindruck, dass sich die Insel selbst bewegen würde. Darüber hinweg konnte ich für ein oder zwei Meilen den großen Fluss auf mich zukommen sehen, und es erschien mir so, als würde

18

ich einen abrutschenden, mit weißem Schaum bedeckten Hang hinaufblicken, der überall hochsprang, um sich der Sonne zu zeigen.

Der Rest der Insel war zu dicht mit Weiden bewachsen, um das Gehen angenehm zu machen, aber ich machte die Tour trotzdem.

Am unteren Ende änderte sich natürlich das Licht. Der Fluss sah dunkel und zornig aus, nur die Rücken der fliegenden Wellen waren zu sehen, die mit Schaum bedeckt waren und von den großen Windstößen, die von hinten auf sie einprasselten, gewaltsam vorangetrieben wurden. Für eine knappe Meile war der Fluss noch zu sehen, der sich zwischen den Inseln hin und her wälzte, und dann verschwand er mit einem gewaltigen Bogen in den Weiden, die ihn wie eine Herde unheimlicher vorsintflutlicher Kreaturen umgaben, die sich an der Tränke zusammendrängten. Sie erinnerten mich an riesige schwammartige Gewächse, die den Fluss in sich aufsaugten. Sie ließen ihn aus dem Blickfeld verschwinden, in einer solchen überwältigenden Anzahl hatten sie sich dort versammelt.

Alles in allem war es eine beeindruckende Landschaft, mit ihrer völligen Einsamkeit und ihrer bizarren Erscheinung. Als ich sie lange und neugierig betrachtet hatte, begann sich irgendwo in meinem Innersten ein seltsames Gefühl zu regen. Mitten in meine Freude über die wilde Schönheit mischte sich, ungewollt und unerklärlich, ein seltsames Gefühl der Beunruhigung, fast des Schreckens.

Ein ansteigender Fluss hat vielleicht immer etwas Unheilvolles an sich. Viele der kleinen Inseln, die ich vor mir sah, wären am Morgen wahrscheinlich weggeschwemmt worden; diese unwiderstehliche, tosende Wasserflut stachelte das Gefühl der Furcht an.

Doch ich war mir bewusst, dass mein Unbehagen weitaus tiefer lag als die Gefühle von Ehrfurcht und Verwunderung. Es war nicht das, was ich fühlte. Es hatte auch nicht direkt mit der Gewalt des treibenden Windes zu tun, diesem schreienden Orkan, der fast ein paar Hektar Weiden in die Luft tragen und wie Spreu über die Landschaft verstreuen könnte. Der Wind vergnügte sich einfach, denn nichts erhob sich aus der flachen Landschaft, um ihn aufzuhalten, und ich war mir bewusst, dass ich sein großes Spiel mit einer Art angenehmer Erregung teilte.

Doch diese Ergriffenheit hatte nichts mit dem Wind zu tun. In der Tat war das Gefühl der Verzweiflung, das ich empfand, so vage, dass es unmöglich war, die Ursache festzustellen und entsprechend damit umzugehen, obwohl ich mir irgendwie bewusst war, dass es mit meiner Erkenntnis unserer völligen Bedeutungslosigkeit angesichts dieser unbändigen Macht der Elemente um mich herum zu tun hatte.

Auch der gewaltig angewachsene Fluss hatte irgendetwas damit zu tun – eine vage, unangenehme Vorstellung, dass wir uns irgendwie mit diesen großen Urgewalten angelegt hatten, denen wir zu jeder Stunde des Tages und der Nacht hilflos ausgeliefert waren. Denn hier trieben sie tatsächlich ihr gigantisches Spiel miteinander, und der Anblick regte die Fantasie an.

Aber mein Gefühl, soweit ich es begreifen konnte, schien sich vor allem an die Weidenbüsche zu knüpfen, an diese Unmengen von Weiden, die sich aneinanderdrängten, sich ausbreiteten, so weit das Auge reichte. Sie drückten an den Fluss, als wollten sie ihn ersticken. Sie standen, dicht gedrängt, Meile um Meile unter dem Himmel, wachten, warteten, lauschten. Und, ganz anders als die Elemente, verbanden sich die Weiden auf subtile Weise mit meinem Unwohlsein; sie griffen das Gemüt auf heimtückische Weise an, weil sie so zahlreich waren, und versuchten auf die eine oder andere Weise, der Einbildungskraft eine neue und mächtige Macht erahnen zu lassen, eine Macht, die uns zudem nicht ganz freundlich gesinnt war.

Große Naturschauspiele sind natürlich immer auf die eine oder andere Weise beeindruckend, und solche Stimmungen waren mir nicht fremd. Berge überwältigen und Ozeane erschrecken den Menschen, während das Geheimnis der großen Wälder einen ganz eigenen Zauber ausübt. Aber all diese Dinge sind an der einen oder anderen Stelle eng mit dem menschlichen Leben und der menschlichen Erfahrung verbunden. Sie wecken verständliche, wenn auch beunruhigende Gefühle, und im Großen und Ganzen neigt man zu deren Verherrlichung.

Bei dieser Vielzahl von Weiden hatte ich jedoch das Gefühl, dass es etwas weitaus anderes war. Von ihnen ging etwas aus, das das Herz bedrängte. Ein Gefühl der Ehrfurcht erwachte, das ist wahr, aber eine Ehrfurcht, die irgendwo von einem unbestimmten Schrecken berührt wurde. Ihre dichten Reihen, die um mich herum immer dunkler wurden, wie sich die Schatten vertieften, die sich heftig und doch sanft im Wind bewegten, erweckten in mir die seltsame und unwillkommene Vorstellung, dass wir hier die Grenzen einer fremden Welt überschritten hatten, einer Welt, in der wir Eindringlinge waren, einer Welt, in der wir nicht erwünscht oder eingeladen waren, zu bleiben – in der wir vielleicht großen Risiken begegnen würden!

Dieses Gefühl bedrückte mich zu diesem Zeitpunkt nicht, obwohl ich seine Bedeutung nicht vollständig erkennen konnte und weil ich keine echte Bedrohung erkannte. Dennoch ließ es mich nie ganz los, auch nicht bei der ganz praktischen Aufgabe, das Zelt bei stürmischem Wind aufzustellen und ein Feuer für den Kochtopf zu machen. Es blieb gerade genug übrig, um mich zu beunruhigen und zu verwirren und einem höchst romantischen Zeltplatz einen guten Teil seines Charmes zu rauben. Zu meinem Begleiter sagte ich jedoch nichts, denn er war ein Mann, der meiner Meinung nach keine Fantasie besaß. Erstens hätte ich ihm nie erklären können, was ich meinte, und zweitens hätte er mich dumm ausgelacht, wenn ich es getan hätte.

In der Mitte der Insel befand sich eine leichte Senke, und hier schlugen wir das Zelt auf. Die umliegenden Weiden dämpften den Wind ein wenig.

»Ein armseliger Lagerplatz«, bemerkte der unerschütterliche Schwede, als das Zelt endlich aufrecht stand, »keine Steine und kaum Brennholz. Ich bin dafür, morgen früh weiterzuziehen – oder? Auf diesem Sand findet nichts Halt.«

Aber die Erfahrung mit Zelten, die um Mitternacht zusammenfallen, hatte uns vieles gelehrt, und wir machten das gemütliche Zigeunerhaus so sicher wie möglich. Dann machten wir uns daran, einen Vorrat an Brennholz zu sammeln, der bis zur Schlafenszeit reichen sollte. Von den Weidenbüschen fallen keine Äste ab, und wir waren auf herumliegendes Treibholz angewiesen. Wir suchten den Strand ziemlich gründlich ab. Überall bröckelten die Ufer, da die steigende Flut an ihnen zerrte und große Teile mit einem Plätschern und Glucksen mit sich riss.

»Die Insel ist jetzt viel kleiner als bei unserer Landung«, sagte der genau beobachtende Schwede. »Bei diesem Tempo wird sie nicht mehr lange halten. Wir sollten das Kanu nahe an das Zelt heranschleppen und bereit sein, sofort aufzubrechen. Ich werde heute in meinen Kleidern schlafen.«

Er befand sich in einiger Entfernung und kletterte am Ufer entlang. Ich hörte sein ziemlich fröhliches Lachen, als er sprach.

»Bei Gott!«, hörte ich ihn einen Moment später rufen und drehte mich um, um zu sehen, was ihn zu seinem Ausruf veranlasst hatte. Er war jedoch gerade hinter einigen Weiden versteckt, und ich konnte ihn nicht sehen.

»Was um alles in der Welt ist das?«, hörte ich ihn wieder schreien, und diesmal klang seine Stimme sehr ernst.

Ich rannte schnell zu ihm hin und traf ihn am Ufer. Er blickte über den Fluss und deutete auf etwas im Wasser.

»Gütiger Himmel, da ist eine Leiche!«, rief er aufgeregt. »Schau!«

Etwas Schwarzes, das sich in den schäumenden Wellen immer wieder drehte, schwamm schnell vorbei. Es verschwand immer wieder und kam erneut an die Oberfläche. Es war etwa zwanzig Fuß vom Ufer entfernt, und als es sich direkt gegenüber von uns befand, drehte es sich um und blickte uns geradewegs an. Wir sahen, wie seine Augen das Abendrot widerspiegelten und in einem seltsamen Gelb schimmerten, als sich der Körper drehte. Dann warf es sich herum und tauchte blitzschnell unter.

»Bei Gott, ein Otter!«, riefen wir im gleichen Atemzug und lachten.

Es war ein Otter, lebendig und auf der Jagd, und doch hatte er genau wie der Körper eines Ertrunkenen ausgesehen, der sich hilflos in der Strömung drehte. Weit unten kam er wieder an die Oberfläche, und wir sahen sein schwarzes nasses Fell im Sonnenlicht glänzen.

Und dann, gerade als wir zurückgehen wollten, die Arme voller Treibholz, geschah wieder etwas, das uns an das Ufer zurückrief. Diesmal war es wirklich ein Mann und noch dazu in einem Boot. Nun war ein kleines Boot auf der Donau immer ein ungewöhnlicher Anblick, aber hier in dieser verlassenen Gegend und zur Hochwasserzeit erschien es so unerwartet, dass es ein regelrechtes Ereignis darstellte. Wir standen da und starrten.

Ob es am schräg einfallenden Sonnenlicht lag oder an der Brechung durch das wunderbar beleuchtete Wasser, kann ich nicht sagen, aber was auch immer

25

die Ursache war, es fiel mir schwer, meinen Blick richtig auf die flüchtige Erscheinung zu richten.

Anscheinend handelte es jedoch um einen Mann, der aufrecht in einer Art Boot mit flachem Boden stand, es mit einem langen Ruder steuerte und mit großer Geschwindigkeit ans gegenüberliegende Ufer hinuntergetragen wurde. Er blickte offenbar herüber in unsere Richtung, aber die Entfernung war zu groß und das Licht zu ungewiss, als dass wir klar erkennen konnten, was er vorhatte. Es schien mir so, als würde er gestikulieren und uns Zeichen geben.

Seine Stimme kam zu uns über das Wasser herüber. Aufgeregt rief er etwas, das aber vom Wind übertönt wurde, sodass kein einziges Wort zu verstehen war. Die ganze Erscheinung – der Mann, das Boot, die Zeichen, die Stimme – hatte etwas Sonderbares an sich, das auf mich einen größeren Eindruck machte, als es der Ursache angemessen gewesen wäre.

»Er bekreuzigt sich!«, rief ich. »Schau, er macht das Kreuzzeichen!«

»Ich glaube, du hast recht«, sagte der Schwede. Er beschattete seine Augen mit der Hand und sah dem Mann nach, bis er außer Sichtweite war. In einem Augenblick schien er verschwunden zu sein, verschmolzen dort unten mit dem Meer der Weiden, wo die Sonne sie in der Biegung des Flusses erfasste und in eine große karmesinrote Wand der Schönheit

26

verwandelte. Auch der Nebel begann aufzuziehen, sodass die Luft dunstig wurde.

»Aber was in aller Welt treibt er bei Einbruch der Dunkelheit auf dem steigenden Wasser dieses Flusses?«, sagte ich, halb zu mir selbst. »Wohin ist er um diese Zeit unterwegs, und was hat er mit seinen Zeichen und Rufen gemeint? Glaubst du, er wollte uns vor etwas warnen?«

»Er hat unseren Rauch gesehen und uns wohl für Geister gehalten«, lachte mein Begleiter. »Die Ungarn glauben an alle Arten von Unsinn. Du erinnerst dich an die Verkäuferin in Pressburg, die uns gewarnt hat, dass hier noch niemand hergekommen ist, weil das Land zu irgendwelchen Wesen außerhalb der Welt der Menschen gehört! Ich nehme an, sie glauben an Feen und Elementargeister, vielleicht auch an Dämonen. Dieser Bauer im Boot hat zum ersten Mal in seinem Leben Menschen auf den Inseln gesehen«, fügte er nach einer kurzen Pause hinzu, »und das hat ihn erschreckt, das ist alles.«

Der Tonfall des Schweden klang nicht überzeugend, und seinem Verhalten fehlte etwas, das sonst immer vorhanden war. Als er sprach, bemerkte ich die Veränderung sofort, ohne sie jedoch genau benennen zu können.

»Wenn sie genug Fantasie hätten«, sagte ich mit einem lauten Lachen – und ich erinnere mich, dass ich versuchte, so viel *Lärm* wie möglich zu machen – »könnten sie einen Ort wie diesen mit den alten Göttern der Antike besiedeln. Die Römer müssen diese ganze Gegend mehr oder weniger mit ihren Heiligtümern und heiligen Hainen und Elementargöttern heimgesucht haben.«

Das Thema wurde fallen gelassen, und wir kehrten zu unserem Eintopf zurück, denn mein Freund war in der Regel nicht dazu angetan, der Fantasie freien Lauf zu lassen. Außerdem erinnere ich mich, dass ich gerade in diesem Moment sehr froh war, dass er wenig Einbildungskraft hatte; seine sture, praktische Art erschien mir plötzlich willkommen und tröstlich. Er hatte ein bewundernswertes Temperament, wie ich fand; er konnte Stromschnellen hinuntersteuern wie ein roter Indianer und mit gefährlichen Brücken und Strudeln besser fertig werden als jeder Weiße, den ich je in einem Kanu gesehen habe.

Er war ein großartiger Gefährte für eine abenteuerliche Reise, ein Fels in der Brandung, wenn etwas Unvorhergesehenes passierte. Ich betrachtete sein kräftiges Gesicht und sein helles, lockiges Haar, als er unter einem Stapel Treibholz dahinwankte (seiner war doppelt so groß wie meiner!), und ich empfand ein Gefühl der Erleichterung. Ja, ich war in diesem Moment ausgesprochen froh, dass der Schwede so war, wie er war, und dass er nie

Bemerkungen machte, die mehr suggerierten, als sie aussagten.

»Der Fluss steigt aber immer noch«, fügte er hinzu, als würde er seinen eigenen Gedanken nachgehen, und ließ seine Last mit einem Keuchen fallen. »Diese Insel wird in zwei Tagen unter Wasser stehen, wenn es so weitergeht.«

»Ich wünschte, der *Wind* würde abflauen«, sagte ich. »Der Fluss ist mir völlig egal.«

Die Flut hatte in der Tat keine Schrecken für uns; wir könnten innerhalb von zehn Minuten von hier verschwinden, und je mehr Wasser, desto besser gefiel es uns. Es bedeutete eine zunehmende Strömung und die Zerstörung der tückischen Kiesbänke, die so oft drohten, uns den Boden vom Kanu zu reißen.

Entgegen unseren Erwartungen nahm der Wind mit der untergehenden Sonne nicht ab. Er schien sogar mit der Dunkelheit zuzunehmen, heulte über uns und schüttelte die Weiden um uns herum wie Strohhalme. Manchmal begleiteten ihn seltsame Geräusche, wie Kanonendonner, der in großen, flachen Schlägen von ungeheurer Kraft auf das Wasser und die Insel niederfiel. Ein solches Geräusch, dachte ich, müsste ein Planet machen, wenn wir ihn denn hören könnten, während er durch das Weltall rast.

Der Himmel blieb völlig wolkenlos, und bald nach dem Abendessen ging der volle Mond im Osten auf und bedeckte den Fluss und die Ebene der schreienden Weiden mit einem Licht so hell wie am Tag.

Wir lagen neben dem Feuer auf dem sandigen Fleck, rauchten, lauschten den Geräuschen der Nacht um uns herum und unterhielten uns voller Glück über die Reise, die wir bereits hinter uns gebracht hatten, und über unsere weiteren Pläne. Die Karte lag ausgebreitet im Zelteingang, aber der starke Wind machte es schwer, sie zu studieren. Sofort schlossen wir das Zelt und löschten die Laterne. Der Schein des Feuers reichte aus, um draußen zu rauchen und dabei unsere Gesichter zu erkennen. Die Funken flogen wie ein Feuerwerk über uns hinweg. Ein paar Meter weiter gurgelte und zischte der Fluss, und von Zeit zu Zeit kündigte ein heftiges Klatschen an, dass weitere Teile des Ufers abbrachen.

Unser Gespräch drehte sich, wie ich feststellte, um die fernen Erlebnisse und Begebenheiten unserer ersten Lager im Schwarzwald oder um andere Themen, die mit der gegenwärtigen Situation nichts zu tun hatten, denn keiner von uns sprach mehr als nötig über die aktuelle Situation – fast so, als hätten wir stillschweigend vereinbart, eine Diskussion über das Lager und seine Begebenheiten zu vermeiden. Weder der Otter noch der Mann im Boot, zum Beispiel, wurden auch nur ein einziges Mal erwähnt, obwohl sie normalerweise für den größten Teil des Abends für Gesprächsstoff gesorgt hätten. Es waren natürlich besondere Ereignisse an einem solchen Ort.

Wegen des Holzmangels war es ein ziemliches Stück Arbeit, das Feuer am Laufen zu halten, denn der Wind, der uns den Rauch ins Gesicht trieb, wo immer wir saßen, sorgte gleichzeitig für eine rasche Verbrennung.

Wir unternahmen abwechselnd Streifzüge in der Dunkelheit, um Brennholz zu holen, und die Menge, die der Schwede mitbrachte, gab mir immer das Gefühl, dass er absurd lange brauchte, um es zu sammeln. Ich hatte wenig Lust, allein zu sein, und dennoch schien es so, als wäre es immer meine Aufgabe, im Gebüsch herumzukriechen oder im Mondlicht über die glitschigen Ufer zu klettern.

Der lange Kampf mit Wind und Wasser – so viel Wind und Wasser! – hatte uns beide müde gemacht, und ein frühes Zubettgehen wäre angebracht gewesen. Dennoch bewegte sich keiner von uns zum Zelt. Wir lagen da, hüteten das Feuer, unterhielten uns über dies und jenes, starrten in die dichten Weidenbüsche und lauschten dem Donnern von Wind und Fluss.

Die Einsamkeit des Ortes war uns in die Knochen gefahren, und die Stille schien natürlich, denn nach einer Weile klangen unsere Stimmen ein wenig unwirklich und gezwungen. Ein Flüstern wäre die angemessene Art der Kommunikation gewesen, dachte ich, und die menschliche Stimme, die inmitten des Getöses der Elemente immer ein wenig lächerlich klingt, hatte jetzt beinahe etwas Unerhörtes an sich. Es war, als würde man uns in der Kirche oder an einem anderen Ort, wo es nicht gestattet und vielleicht auch nicht *sicher* war, hören können.

Die Unheimlichkeit dieser einsamen Insel inmitten von Millionen von Weiden, die von einem heftigen Sturm gepeitscht und von rauschenden, tiefen Wassern umgeben war, berührte uns beide, glaube ich. Vom Menschen unbetreten, dem Menschen fast unbekannt, lag sie dort, unter dem Mond, fern von menschlichem Einfluss, an der Grenze einer anderen Welt, einer fremden Welt, einer Welt, die nur von Weiden und den Seelen der Weiden bewohnt wurde. Und wir hatten es in unserer Tollkühnheit gewagt, in sie einzudringen, sogar Gebrauch von ihr zu machen! Etwas mehr als die Kraft ihres Geheimnisses regte sich in mir, als ich auf dem Sand lag, die Füße zum Feuer hin, und durch die Blätter hindurch zu den Sternen aufsah. Zum letzten Mal erhob ich mich, um Feuerholz zu holen.

»Wenn das hier abgebrannt ist«, sagte ich entschlossen, »werde ich mich zurückziehen«, und mein Begleiter sah mir träge nach, während ich in die umliegenden Schatten verschwand.

Für einen fantasielosen Mann schien er mir an diesem Abend ungewöhnlich empfänglich zu sein, ungewöhnlich offen für Dinge, die sich mit den Sinnen nicht erfassen lassen. Auch er war von der Schönheit und der Einsamkeit des Ortes berührt.

Ich war, wie ich mich erinnere, nicht ganz erfreut, diese leichte Veränderung in ihm zu bemerken, und anstatt sofort Stöcke zu sammeln, machte ich mich auf den Weg zur äußersten Spitze der Insel, wo das auf Ebene und Fluss scheinende Mondlicht besser zu sehen war.

Das Verlangen, allein zu sein, war plötzlich über mich gekommen; meine frühere Angst kam mit voller Kraft zurück; es gab ein unbestimmtes Gefühl in mir, dem ich mich stellen und auf den Grund gehen wollte.

Als ich die Stelle erreichte, an der der Sand in die Wellen ragte, überkam mich der Zauber dieses Ortes mit einem regelrechten Schock. Die 'Kulisse' allein hätte eine solche Wirkung nicht hervorrufen können. Hier gab es noch etwas mehr, etwas, das beunruhigt.

Ich blickte über die wilde Wasserwüste; ich betrachtete die flüsternden Weiden; ich hörte das unaufhörliche Schlagen des unermüdlichen Windes; und jedes, auf seine Weise, weckte in mir das Gefühl einer seltsamen Bedrücktheit. Vor allem aber die *Weiden*; denn sie plapperten und redeten unaufhörlich miteinander, lachten ein wenig, schrien schrill, seufzten manchmal – aber was es war, das sie so sehr beschäftigte, gehörte zum geheimen Leben der großen Ebene, die sie bewohnten, und es war ziemlich fremd in der Welt, die ich kannte oder auch in der Welt der wilden, aber dennoch freundlichen Elemente.

Sie erinnerten mich an eine Schar von Wesen aus einer anderen Lebensebene, vielleicht einer ganz anderen Evolution, die sich alle über ein Geheimnis unterhielten, das nur sie selbst kannten.

Ich beobachtete sie, wie sie sich emsig bewegten, wie sie ihre großen buschigen Köpfe schüttelten, wie sie ihre unzähligen Blätter zwirbelten, auch wenn kein Wind wehte.

Sie bewegten sich aus eigenem Willen, als wären sie lebendig, und sie berührten, auf irgendeine unberechenbare Weise, meinen eigenen Sinn für das *Grauenhafte*.

Da standen sie im Mondlicht, wie ein riesiges Heer, das unser Lager umgab, und schüttelten trotzig ihre unzähligen silbernen Speere, bereit zum Angriff.

Die Psychologie von Orten ist, zumindest für die Vorstellungskraft mancher Leute, sehr lebendig; vor allem für den Wanderer haben Lager ihre besondere

'Note', entweder einladend oder abweisend. Anfangs mag man es nicht immer sofort erkennen, weil die geschäftigen Vorbereitungen, das Zelt aufzuschlagen und zu kochen, es verhindern, aber bei der ersten Pause – gewöhnlich nach dem Abendessen – macht es sich bemerkbar. Und die besondere Note dieses Lagers inmitten der Weiden wurde mir nun unmissverständlich klar: Wir waren Eindringlinge, Unbefugte; wir waren nicht willkommen.

Das Gefühl der Fremdheit wuchs in mir, während ich dort stand und um mich blickte. Wir berührten die Grenze einer Region, in der unsere Anwesenheit missbilligt wurde. Für eine Übernachtung würde man uns vielleicht tolerieren, aber für einen längeren und neugierigen Aufenthalt – nein! Bei allen Göttern der Bäume und der Wildnis, nein! Wir waren die ersten Menschen auf dieser Insel, und wir waren nicht erwünscht. *Die Weiden waren gegen uns.*

Seltsame Gedanken wie diese – bizarre Fantasien – von denen ich nicht weiß, woher sie kamen, nisteten sich in meinen Kopf ein, während ich lauschend dastand. Was, dachte ich, wenn diese kauernden Weiden doch lebendig sind; wenn sie sich plötzlich wie ein Schwarm lebender Wesen erheben, gelenkt von den Göttern, in deren Gebiet wir eingedrungen waren, aus den weiten Sümpfen auf uns zustürmten, in der Nacht über uns donnerten – *und sich dann niederlassen!*

Während ich hinschaute, war es so einfach, sich vorzustellen, dass sie sich tatsächlich bewegten, näher herankrochen, sich ein wenig zurückzogen, in Massen zusammenkauerten, feindselig, und auf den großen Wind warteten, der sie endlich in Bewegung setzen sollte. Ich hätte schwören können, dass sich ihr Aussehen ein wenig veränderte, dass sich ihre Reihen vertieften und sie enger zusammenrückten.

Über mir ertönte der melancholische, schrille Schrei eines Nachtvogels, und plötzlich verlor ich beinahe das Gleichgewicht, als das Stück Ufer, auf dem ich stand, mit einem großen Platschen in den Fluss fiel und von der Flut unterspült wurde. Ich wich gerade noch rechtzeitig zurück und machte mich wieder auf die Suche nach Brennholz, halb lachend über die seltsamen Vorstellungen, die sich so dicht in meinem Kopf drängten und mich in ihren Bann zogen.

Ich erinnerte mich an die Bemerkung des Schweden, am nächsten Tag weiterzuziehen, und dachte gerade, dass ich ihm voll und ganz zustimmte, als ich mich mit einem Ruck umdrehte und den Gegenstand meiner Gedanken direkt vor mir stehen sah. Er war ganz nah. Das Tosen der Elemente hatte die Schritte seiner Annäherung übertönt.

»Du warst so lange weg gewesen«, rief er über den Wind hinweg, »ich dachte, dir muss etwas zugestoßen sein.«

Aber da war etwas in seiner Stimme und auch ein gewisser Ausdruck in seinem Gesicht, der mir mehr vermittelte als seine üblichen Worte, und sofort erkannte ich den wahren Grund für sein Kommen. Der Zauber dieses Ortes war ebenfalls in seine Seele eingedrungen, und auch er war nicht gern allein.

»Der Fluss steigt immer noch«, rief er und zeigte auf das steigende Wasser im Mondlicht, »und der Wind ist einfach schrecklich.«

Er sagte immer dasselbe, aber es war der Schrei nach Gesellschaft, der seinen Worten die eigentliche Bedeutung verlieh.

»Zum Glück«, rief ich zurück, »steht unser Zelt in der Mulde. Ich glaube, es wird gut standhalten.«

Ich fügte etwas über die Schwierigkeit zu, Holz zu finden, um meine Abwesenheit zu erklären, aber der Wind fing meine Worte auf und schleuderte sie über den Fluss, sodass er sie nicht hörte, sondern mich nur durch die Äste ansah und mit dem Kopf nickte.

»Wir können von Glück sagen, wenn wir hier unbeschadet herauskommen«, rief er oder etwas in dieser Art. Ich erinnere mich, dass ich fast wütend auf ihn war, weil er diesen Gedanken in Worte gefasst hatte, denn es war genau das, was ich selbst empfand. Irgendwo drohte ein Unglück, und das Gefühl der Vorahnung bedrückte mich.

Wir gingen zurück zum Feuer und fachten es noch einmal an, indem wir es mit den Füßen anstießen.

Dann sahen wir uns noch einmal um. Ohne den Wind wäre die Hitze unangenehm gewesen. Ich sprach diesen Gedanken aus, und ich erinnere mich, dass mich die Antwort meines Freundes eigentümlich berührte. Er hätte lieber die Hitze, das normale Juliwetter gehabt, als diesen 'teuflischen Wind'.

Alles war für die Nacht hergerichtet. Das Kanu lag umgedreht neben dem Zelt, mit den beiden gelben Paddeln unter ihm. Der Proviantbeutel hing an einem Weidenstamm, und das abgewaschene Geschirr war in sicherer Entfernung vom Feuer entfernt, alles bereit für das Frühstück.

Wir erstickten die Glut des Feuers mit Sand und legten uns schlafen. Die Klappe der Zelttür war offen, und ich sah die Zweige, die Sterne und das weiße Mondlicht. Die zitternden Weiden und die heftigen Schläge des Windes gegen unser straff gespanntes Haus waren die letzten Dinge, an die ich mich erinnerte, als der Schlaf kam und alles mit seinem sanften und süßen Vergessen zudeckte.

Kapitel II.

Plötzlich lag ich wach und spähte von meiner sandigen Matratze aus durch die Zelttür.

Ich schaute auf meine Uhr, die an der Plane befestigt war, und sah im hellen Mondlicht, dass es schon nach zwölf Uhr Mitternacht war – die Schwelle eines neuen Tages –und ich etwa zwei Stunden geschlafen hatte.

Der Schwede schlief noch immer neben mir; der Wind heulte wie zuvor; etwas zupfte an meinem Herzen und machte mir Angst. Es herrschte ein Gefühl der Unruhe in meiner unmittelbaren Nähe.

Ich setzte mich rasch auf und schaute hinaus. Die Bäume schwankten unter den Windstößen hin und her, aber unser kleines Stück grünes Segeltuch lag sicher in der Mulde, denn der Wind strich darüber hinweg, ohne genügend Angriffsfläche zu finden, was es sonst gefährlich gemacht hätte.

Das Gefühl der Unruhe verging jedoch nicht, und ich kroch leise aus dem Zelt, um nachzusehen, ob unsere Habseligkeiten in Sicherheit waren. Ich bewegte mich vorsichtig, um meinen Begleiter nicht zu wecken. Eine seltsame Erregung hatte mich erfasst.

Ich war schon halb draußen und kniete auf allen vieren, als mein Auge zum ersten Mal die Spitzen der gegenüberliegenden Büsche mit ihrem bewegten

Muster von Blättern wahrnahm, die sich vor dem Himmel abzeichneten.

Ich setzte mich auf und starrte. Es war wirklich unglaublich, aber dort, gegenüber und leicht über mir, befanden sich Gestalten undefinierbarer Art zwischen den Weiden, und als sich die Äste im Wind bewegten, schienen sie sich um diese Formen zu gruppieren und eine Reihe von unheimlichen Umrissen zu bilden, die sich im Mondlicht schnell bewegten. Ich sah das alles aus kurzer Entfernung, etwa fünfzig Fuß vor mir.

Mein erster Impuls war, meinen Gefährten zu wecken, damit auch er sie sehen konnte, aber irgendetwas ließ mich zögern – wahrscheinlich die plötzliche Erkenntnis, dass ich keine Bestätigung haben wollte; und währenddessen kauerte ich da und starrte vor Erstaunen mit brennenden Augen. Ich war hellwach. Ich weiß noch, dass ich mir sagte, dass ich *nicht* träumte.

Zuerst wurden diese riesigen Gestalten oben in den Wipfeln der Büsche deutlich sichtbar – gewaltig, bronzefarben. Sie bewegten sich völlig unabhängig vom Schwanken der Äste. Ich sah sie deutlich und bemerkte, jetzt, wo ich sie in aller Ruhe betrachtete, dass sie viel größer waren als ein Mensch, ja, dass etwas an ihrem Aussehen erkennen ließ, dass sie wirklich *nicht menschlich* waren.

Sicherlich waren sie nicht nur das sich bewegende Muster der Äste im Mondlicht. Sie bewegten sich unabhängig voneinander. Sie stiegen in einem ununterbrochenen Strom von der Erde zum Himmel auf und verschwanden völlig, sobald sie das Dunkel des nächtlichen Himmels erreichten. Sie waren ineinander verschlungen und bildeten eine große Säule, und ich sah, wie ihre Glieder und riesigen Körper ineinander verschmolzen, sich wieder trennten und jene schlangenartige Linie bildeten, die sich mit den Verrenkungen der vom Wind umwehten Bäume spiralförmig bog, schwankte und drehte.

Es waren nackte, fließende Gestalten, die sich zwischen den Büschen, fast *innerhalb* der Blätter hindurch bewegten – und wie eine lebendige Säule in den Himmel emporstiegen. Ihre Gesichter konnte ich nicht erkennen. Unaufhörlich strömten sie nach oben, schwangen sich in großen, geschwungenen Bögen, mit einem trüben Bronzeton auf ihrer Haut.

Ich starrte vor mich hin und versuchte, jedes kleinste Detail der Vision aus meinen Augen zu verbannen. Lange Zeit dachte ich, sie *müssen* jeden Moment verschwinden, sich in den Bewegungen der Äste auflösen und sich als optische Täuschung erweisen. Ich suchte überall nach einem Beweis für die Realität, obwohl ich genau wusste, dass sich der Maßstab der Realität verändert hatte. Denn je länger ich hinschaute, desto sicherer wurde ich, dass diese

Figuren real und lebendig waren, wenngleich vielleicht nicht auf eine Weise, die eine Fotokamera oder ein Biologe erkennen würde.

Weit über meine Angst hinaus, überkam mich ein Gefühl der Ehrfurcht und des Staunens, wie ich es noch nie erlebt hatte. Ich schien auf personifizierten Urkräfte dieser verwunschenen und urzeitlichen Region zu starren. Unser Eindringen hatte die Kräfte des Ortes in Bewegung gesetzt. Wir waren die Ursache der Störung, und mein Gehirn füllte sich bis zum Bersten mit Geschichten und Legenden über die Geister und Gottheiten von Orten, die von den Menschen in allen Zeitaltern der Weltgeschichte anerkannt und verehrt wurden.

Doch bevor ich eine mögliche Erklärung finden konnte, drängte mich etwas, weiter hinauszugehen. Ich kroch auf dem Sand vorwärts und stellte mich dann aufrecht hin. Ich spürte, dass der Boden unter meinen nackten Füßen noch warm war; der Wind fuhr mir in die Haare und meinem Gesicht, und das Rauschen des Flusses drang mit einem plötzlichen Tosen an meine Ohren.

Diese Dinge, das wusste ich, waren real und bewiesen, dass meine Sinne normal funktionierten. Doch die Gestalten stiegen immer noch von der Erde zum Himmel auf, still und majestätisch, in einer großen Spirale von Anmut und Kraft, die mich schließlich mit einem echten, tiefen Gefühl der Verehrung überwältigte. Ich spürte, dass ich niederfallen und diese Wesen anbeten musste – bedingungslos anbeten.

Vielleicht hätte ich das im nächsten Augenblick getan, als mich ein Windstoß mit solcher Wucht erfasste, dass ich zur Seite stürzte und beinahe stolperte und hingefallen wäre. Er schien mich heftig aus dem Traum zu schütteln. Wenigstens sah ich die Dinge irgendwie wieder mit anderen Augen.

Die Gestalten waren noch da, stiegen immer noch aus dem Innersten der Nacht zum Himmel empor, aber endlich begann meine Vernunft, sich durchzusetzen. Es muss ein rein subjektives Erlebnis sein, argumentierte ich – nicht weniger real, aber dennoch subjektiv.

Das Mondlicht und die Zweige wirkten zusammen, um diese Bilder im Spiegel meiner Fantasie zu erzeugen, und aus irgendeinem Grund projizierte ich sie nach außen und ließ sie objektiv erscheinen. Ich wusste natürlich, dass dies der Grund war. Ich fasste Mut und begann, mich über die offenen Sandflächen vorwärts zu bewegen. Aber bei Gott, war das alles Halluzination? War es wirklich nur subjektiv? Argumentierte meine Vernunft nicht auf die alte sinnlose Weise, mit dem wenigen Wissen, das wir haben?

Ich weiß nur, dass eine große Anzahl von Gestalten dunkel in den Himmel aufstieg, und zwar für eine sehr lange Zeit, wie es mir schien, und mit einem sehr ausgeprägten Grad an Realität, wie die meisten Menschen es gewohnt sind, die Realität zu beurteilen. Dann waren sie plötzlich verschwunden!

Und als sie weg waren und das unmittelbare Staunen über ihre große Anwesenheit vorbei war, überkam mich die Angst mit einem kalten Rausch. Das irrationale, rätselhafte Wesen dieser einsamen und verwunschenen Gegend wurde mir plötzlich bewusst, und ich begann furchtbar zu zittern.

Ich warf einen raschen Blick um mich – einen Blick des Entsetzens, der fast an Panik grenzte – und überlegte vergeblich, wie ich entkommen könnte; und dann, als ich erkannte, wie hilflos ich war, um etwas wirklich Sinnvolles zu erreichen, kroch ich leise zurück ins Zelt und legte mich wieder auf meine sandige Matratze, doch zunächst machte ich noch die Zeltklappe zu, um den Anblick der Weiden im Mondlicht auszuschließen, vergrub dann meinen Kopf so tief wie möglich unter den Decken, um das Geräusch des furchterregenden Windes zu ersticken.

KAPITEL III.

Als hätte ich noch auf Hinweise gehofft, die mich davon überzeugt hätten, dass ich nicht geträumt hatte, dauerte es, wie ich mich erinnere, einige Zeit, bis ich wieder in einen unruhigen und ruhelosen Schlaf fiel; und selbst dann schlief nur der äußere Teil von mir, und tiefer drinnen gab es etwas, das nie ganz das Bewusstsein verlor, sondern wach und auf der Hut war.

Aber beim zweiten Mal des Erwachens sprang ich mit echten Schrecken auf. Es war weder der Wind noch der Fluss, die mich weckten, sondern das langsame Herannahen von etwas, das den schlafenden Teil von mir immer kleiner werden ließ, bis er schließlich ganz verschwand und ich mich kerzengerade sitzend wiederfand – lauschend.

Draußen hörte ich den Klang von unzähligen kleinen Trippelgeräuschen. Sie waren gekommen, dessen war ich mir schon seit Langem bewusst, und im Schlaf hatte ich sie erstmals gehört.

Ich saß nervös und hellwach da, als hätte ich gar nicht geschlafen. Ich hatte den Eindruck, dass mir das Atmen schwerfiel und ein großes Gewicht auf meinem Körper lastete. Trotz der heißen Nacht fühlte ich mich klamm vor Kälte und fröstelte.

Irgendetwas drückte unablässig von den Seiten und von oben gegen die Zeltwände. War es der Wind? War es der prasselnde Regen, das Tröpfeln der Blätter? War es das Sprühwasser vom Fluss, das der Wind herübertrieb und sich in großen Tropfen sammelte? Mir fielen schnell ein Dutzend Dinge ein.

Plötzlich kam mir die mögliche Erklärung in den Sinn: Ein Ast der Pappel, des einzigen großen Baumes auf der Insel, war wohl vom Wind abgeknickt worden. Noch halb von den anderen Ästen gehalten, würde er mit dem nächsten Windstoß fallen und uns erschlagen, und in der Zwischenzeit streiften seine Blätter die straffe Zeltplane und klopften dagegen. Ich hob die Klappe an, eilte hinaus und rief dem Schweden zu, mir zu folgen.

Aber als ich draußen war und mich aufrichtete, sah ich, dass das Zelt frei war. Da war kein hängender Ast, kein Regen, keine Gischt, nichts näherte sich.

Ein kaltes, graues Licht fiel durch die Büsche und legte sich auf den schwach schimmernden Sand. Am Himmel direkt über mir standen die Sterne immer noch dicht beieinander, und der Wind heulte in bedrückender Weise.

Das Feuer war ganz erloschen. Durch die Büsche hindurch sah ich rote Streifen am östlichen Himmel.

Es mussten mehrere Stunden vergangen sein, seit ich dort gestanden und die aufsteigenden Gestalten beobachtet hatte, und die Erinnerung daran kehrte schrecklich zurück, wie ein böser Traum.

Oh, wie müde machte er mich, dieser unaufhörlich tobende Wind! Doch obwohl die tiefe Mattigkeit einer schlaflosen Nacht auf mir lastete, kribbelten meine Nerven unter dem Einfluss einer ebenso unaufhörlichen Angst, und an Erholung war nicht zu denken.

Ich sah, dass der Fluss weiter angestiegen war. Sein Donnern erfüllte die Luft, und eine feine Gischt machte sich durch mein dünnes Schlafhemd hindurch bemerkbar.

Doch nirgends entdeckte ich auch nur den geringsten Hinweis auf etwas, das mir Anlass zur Beunruhigung geben könnte. Diese tiefe, anhaltende Störung in meinem Herzen blieb völlig unerklärlich.

Mein Weggefährte hatte sich nicht gerührt, als ich ihn rief, und es gab keinen Grund, ihn jetzt zu wecken. Ich schaute mich sorgfältig um und nahm alles genau wahr. Das umgedrehte Kanu, die gelben Paddel – zwei davon, da bin ich mir sehr sicher – den Proviantsack und die zusätzliche Laterne, die zusammen am Baum hingen, und, überall um mich herum, alles einhüllend, die Weiden, diese endlosen, zitternden Weiden.

Ein Vogel stieß seinen morgendlichen Schrei aus, eine Entenschar flog in der Dämmerung schwirrend über mich hinweg. Der vom Wind aufgewirbelte Sand flog trocken und stechend um meine nackten Füße.

Ich ging um das Zelt herum und marschierte dann ein Stück weit ins Gebüsch hinein, sodass ich über den Fluss hinweg die weitere Landschaft sehen konnte, und dasselbe tiefe, aber unerklärliche Gefühl der Verzweiflung überkam mich erneut, als ich das unendliche Meer von Büschen sah, das sich bis zum Horizont erstreckte und im fahlen Licht der Morgendämmerung gespenstisch und unwirklich aussah.

Ich ging leise auf und ab, immer noch rätselnd über das seltsame Geräusch des unendlichen Prasselns und den Druck auf das Zelt, der mich geweckt hatte.

Es *muss* der Wind gewesen sein, überlegte ich – der Wind, der auf den losen, heißen Sand blies und die feinen trockenen Teilchen gegen die gespannten Zeltwände trieb – der Wind, der von schwer auf unser fragiles Dach drückte. Dennoch nahmen meine Nervosität und mein Unwohlsein immer weiter zu. Ich ging zum anderen Ufer hinüber und bemerkte, wie sich die Uferlinie in der Nacht verändert hatte und welche Sandmassen der Fluss weggerissen hatte. Ich tauchte meine Hände und Füße in die kühle Strömung und benetzte meine Stirn.

Am Himmel zeigte sich bereits das Glühen des Sonnenaufgangs und man spürte schon die köstliche Frische des kommenden Tages.

Auf dem Rückweg ging ich absichtlich unter genau den Büschen hindurch, aus denen ich die Säule von Gestalten in die Luft hatte emporsteigen sehen.

In der Mitte der Ansammlung wurde ich plötzlich von dem Gefühl eines großen Grauens erfasst.

Aus den Schatten heraus schritt eine große Gestalt schnell vorbei. Ja, jemand ging an mir vorbei. Ich war mir so sicher, wie ein Mensch es nur sein kann ...

Es war ein großer, taumelnder Windstoß, der mir wieder weiterhalf, und sobald ich im freien Gelände war, ließ das Gefühl des Grauens in seltsamer Weise nach.

Ich sagte mir, wie ich mich erinnere, dass die Winde hier umherstreifen, denn die Winde bewegen sich oft wie große feste Körper unter den Bäumen.

Insgesamt war die Frucht, die mich von allen Seiten umgab, eine so unbekannte und gewaltige Art von Furcht, so anders als alles, was ich bisher empfunden hatte, dass sie ein Gefühl von Ehrfurcht und Staunen in mir weckte, was zur Folge hatte, den schlimmsten Auswirkungen dieser Angst entgegenzuwirken.

Und als ich einen erhöhten Punkt in der Mitte der Insel erreichte, von dem aus ich die weite Strecke des Flusses sehen konnte, purpurrot im Sonnenaufgang, war die ganze magische Schönheit so überwältigend, dass eine Art wilder Sehnsucht in mir erwachte und ich fast einen Schrei ausgestoßen hätte.

Aber dieser Schrei blieb mir in der Kehle stecken, denn als mein Blick von der Ebene auf die Insel um mich herum wanderte und ich unser kleines Zelt wahrnahm, das halb zwischen den Weiden versteckt war, machte ich eine unheimliche Entdeckung, gegen die mein Grauen vor den wandernden Winden wie ein Nichts erschien, denn irgendwie, so dachte ich, hatte sich die Anordnung der Landschaft verändert.

Es war nicht so, dass ich von meinem Standpunkt aus einen anderen Blick hatte, sondern dass sich offenbar das Verhältnis zwischen dem Zelt und den Weiden und zwischen den Weiden und dem Zelt verändert hatte.

Die Büsche drängten jetzt eindeutig enger heran – unerfreulich enger. *Sie waren näher gerückt.*

Die Weiden waren in der Nacht mit leisen Füßen über den sich bewegenden Sand gekrochen und hatten sich mit sanften, gemächlichen Bewegungen unmerklich genähert.

Aber hatte der Wind sie bewegt, oder hatten sie sich von selbst bewegt? Ich erinnerte mich wieder an das Geräusch des unaufhörlichen Prasselns, den Druck auf das Zelt und auf mein eigenes Herz, das mich erschrocken aufwachen ließ.

Einen Moment lang schwankte ich wie ein Baum im Wind und hatte Mühe, meine aufrechte Position auf der sandigen Anhöhe zu halten. Es gab hier eine Andeutung von eigenständigem Handeln, von bewusster Absicht, von aggressiver Feindseligkeit, und das versetzte mich in eine Art Starre.

Darauf kam schnell die Reaktion. Diese Vorstellung war so bizarr, so absurd, dass ich am liebsten gelacht hätte, doch das Lachen kam genauso wenig wie vorher der Schrei, denn die Erkenntnis, dass mein Geist für solcherlei gefährliche Vorstellungen empfänglich war, gab Anlass zu einem weiteren Grauen, dass der Angriff durch unseren Geist und nicht durch unseren physischen Körper kommen würde – und bereits kam.

Der Wind wirbelte mich herum, und dann, sehr schnell, wie es schien, kam die Sonne über den Horizont, denn es war schon nach vier Uhr. Ich muss länger auf der kleinen sandigen Anhöhe gestanden haben, als ich dachte, vor Angst, mich dem Bereich der Weiden zu nähern.

Ich kehrte leise, schleichend, zum Zelt zurück, sah mich dort noch einmal gründlich um und nahm – ja, ich gebe es zu – ein paar Messungen vor.

Ich schritt auf dem warmen Sand die Entfernungen zwischen den Weiden und dem Zelt ab, wobei ich mir vor allem den kürzesten Abstand merkte; dann kroch ich heimlich in meine Decke.

Mein Begleiter schlief allem Anschein nach immer noch fest, und ich war froh, dass es so war.

Solange meine Erlebnisse nicht bestätigt wurden, konnte ich vielleicht irgendwie die Kraft finden, sie zu leugnen. Am hellen Tag könnte ich mir einreden, dass alles nur eine subjektive Halluzination war, ein Hirngespinst der Nacht, eine Projektion der erregten Fantasie.

Es gab keine weiteren Störungen. Ich schlief sofort ein, völlig erschöpft, aber immer noch in der Furcht, noch einmal diesen wilden Klang mannigfaltigen Trippelns zu hören oder den Druck auf mein Herz zu spüren, der mir das Atmen erschwert hatte.

KAPITEL IV.

Die Sonne stand hoch am Himmel, als mich mein Begleiter aus dem Tiefschlaf weckte und verkündete, dass der Haferbrei fertig gekocht sei und es gerade noch Zeit gäbe, zu baden. Der angenehme Geruch von brutzelndem Speck drang durch den Eingang des Zelts.

»Der Fluss steigt immer noch«, sagte er, »einige Inseln in der Mitte des Stroms sind ganz verschwunden. Unsere eigene Insel ist viel kleiner geworden.«

»Ist noch Holz da?«, fragte ich verschlafen.

»Das Holz und die Insel werden sich bis morgen ein totes Rennen liefern und beide weg sein«, lachte er, »aber es ist noch genug da, und bis morgen wird es reichen.«

Ich stürzte mich ins Wasser, von der Spitze der Insel aus, die sich in der Tat während der Nacht in Größe und Form stark verändert hatte. Die Strömung ließ mich im Nu zum Landeplatz gegenüber unserem Zelt hinuntertreiben. Das Wasser war eiskalt, und das Ufer flog vorbei wie die Landschaft, die man vom Fenster eines Schnellzugs aus betrachtet. Unter solchen Umständen war das Baden ein berauschendes Erlebnis, und der Schrecken der Nacht schien wie durch eine Verdunstung im Gehirn aus mir herausgewaschen zu werden.

Die Sonne brannte glühend heiß, nirgendwo war eine Wolke zu sehen, aber der Wind hatte kein bisschen nachgelassen.

Plötzlich wurde mir die Bedeutung der Worte des Schweden klar, die zeigten, dass er nicht mehr so hastig abreisen wollte und seine Meinung geändert hatte.

'Es ist noch genug da, und bis morgen wird es reichen', hatte er gesagt – dachte er daran, dass wir noch eine Nacht auf der Insel bleiben würden?

Das kam mir merkwürdig vor. In der Nacht zuvor hatte er noch genau anders herum gedacht. Wie war es zu dieser Meinungsänderung gekommen?

Während wir frühstückten, brachen erneut große Stücke vom Ufer ab, mit Spritzern und Gischtwolken, die der Wind bis in unsere Bratpfanne trug.

Mein Mitreisender sprach unaufhörlich von den Schwierigkeiten, welche die Dampferlinie Wien – Pest haben muss, um die Fahrrinne bei Hochwasser zu finden. Aber weit mehr als der Zustand des Flusses oder die Schwierigkeiten der Dampfer interessierte mich sein Gemütszustand. Er hatte sich seit dem Vorabend irgendwie verändert. Sein Verhalten war anders – ein wenig aufgeregt, ein wenig schüchtern, mit einer Art Misstrauen in seiner Stimme und seinen Gesten.

Heute, mit einem klaren Kopf, weiß ich kaum, wie ich es beschreiben soll, aber ich erinnere mich, dass ich mir damals ganz sicher war, dass er Angst bekommen hatte.

Er frühstückte nur wenig und verzichtete ausnahmsweise darauf, seine Pfeife zu rauchen. Er hatte die Karte neben sich ausgebreitet und studierte die Markierungen.

»Wir sollten in genau einer Stunde losfahren«, sagte ich sofort, als ich nach einer Gelegenheit suchte, die ihn indirekt zumindest zu einem teilweisen Geständnis bringen würde. Seine Antwort verwirrte mich äußerst unangenehm: »Am besten schon eher! Wenn sie uns lassen.«

»Wer soll uns lassen? Die Elemente?«, fragte ich sofort und mit gespielter Gleichgültigkeit.

»Die Mächte dieses furchtbaren Ortes, wer auch immer sie sind«, antwortete er, den Blick auf die Karte gerichtet. »Die Götter sind hier, wenn sie überhaupt irgendwo auf der Welt sind.«

»Die Elemente sind immer die wahren Unsterblichen«, antwortete ich und lachte so unbefangen, wie es mir möglich war, obwohl ich genau wusste, dass mein Gesicht meine wahren Empfindungen widerspiegelte, als er ernst zu mir aufsah und durch den Rauch des Feuers sprach:

»Wir können von Glück reden, wenn wir hier ohne weitere Katastrophe davonkommen.«

Das war genau das, was ich befürchtet hatte.

Ich raffte mich dazu auf, ihm eine direkte Frage zu stellen. Das war in diesem Moment so, als würde ich dem Zahnarzt gerade erlauben, mir den Zahn zu ziehen, aber auf Dauer *musste* es sowieso kommen, und der Rest war nur Schein.

»Ein weiteres Unglück! Warum, was ist passiert?«

»Zunächst einmal ist das Steuerpaddel weg«, sagte er leise.

»Das Steuerpaddel ist weg!« wiederholte ich aufgeregt, denn das brauchten wir zur Steuerung, und die Donau bei Hochwasser ohne dieses spezielle Paddel war Selbstmord.

»Aber was? – «

»Und da ist ein Riss im Boden des Kanus«, fügte er mit einem deutlich hörbaren, kleinen Zittern in der Stimme hinzu.

Ich starrte ihn weiterhin an und konnte seine Worte nur etwas töricht wiederholen.

Dort, in der Hitze der Sonne und auf dem brennenden Sand, spürte ich, wie sich um uns herum eine eisige Atmosphäre ausbreitete. Ich stand auf, um ihm zu folgen, doch er nickte nur ernst und führte mich zu dem Zelt, das sich einige Meter jenseits der Feuerstelle befand.

Das Kanu lag immer noch so da, wie ich es in der Nacht zuletzt gesehen hatte, der Kiel nach oben, die Paddel, oder besser gesagt, das *eine* Paddel, auf dem Sand daneben.

»Es gibt nur noch eines«, sagte er und bückte sich, um es aufzuheben. »Und da ist der Riss im Boden.«

Es lag mir auf der Zunge, ihm zu sagen, dass ich einige Stunden zuvor eindeutig *zwei* Paddel bemerkt hatte, aber dann besann ich mich anders, und ich sagte nichts. Ich trat heran, um nachzusehen.

Im Boden des Kanus befand sich ein langer, feiner Riss, aus dem ein kleines Stück Holz sauber herausgeschabt worden war; es sah aus, als hätte sich die Spitze eines scharfen Felsens oder der Stumpf eines Astes längs hineingedrückt.

Die Untersuchung ergab, dass das Loch durchging. Wären wir mit dem Kanu losgefahren, ohne es zu bemerken, wären wir unweigerlich untergegangen.

Zuerst hätte das Wasser das Holz aufquellen lassen, um das Loch zu schließen, aber sobald es in der Mitte des Stroms war, musste das Wasser einsickern und das Kanu, das nie mehr als zwei Zoll über der Oberfläche war, hätte sich sehr schnell gefüllt und wäre schnell gesunken.

»Da, hier siehst du einen Versuch, ein Opfer für das Ritual vorzubereiten«, hörte ich ihn sagen, mehr zu sich selbst als zu mir. »Eher zwei Opfer«, fügte er hinzu, während er sich vorbeugte und mit den Fingern den Schlitz entlangfuhr.

Ich begann zu pfeifen – was ich immer unbewusst tue, wenn ich überhaupt nicht mehr weiterweiß – und achtete absichtlich nicht auf seine Worte. Ich beschloss, sie für Unsinn zu halten.

»Gestern Abend war es noch nicht da«, sagte er. Er richtete sich von seiner Untersuchung auf und sah überall hin, nur nicht auf mich.

»Ich hörte auf zu pfeifen und sagte: Wir müssen es natürlich bei der Landung zerkratzt haben. Die Steine sind sehr spitz.«

Als er sich umdrehte und mir direkt in die Augen sah, brach ich abrupt ab. Ich wusste so gut wie er, wie unsinnig meine Erklärung war, schon allein deshalb, weil es dort keine Steine gab.

»Und dann gibt es auch noch das hier zu erklären«, fügte er leise hinzu. Er reichte mir das Paddel und deutete auf das Blatt.

Ein neues und merkwürdiges Gefühl überkam mich, als ich es an mich nahm und betrachtete. Das Blatt war rundherum abgeschliffen, sauber abgeschliffen, als hätte es jemand mit Sorgfalt mit Sandpapier bearbeitet und so dünn gemacht, dass es der erste kräftige Schlag hätte abbrechen lassen.

»Einer von uns ist schlafgewandelt und hat das getan«, sagte ich schwach, »oder – oder vielleicht ist es durch den ständigen Strom von Sandpartikeln, die der Wind dagegen geblasen hat, abgeschliffen worden.«

»Ach«, sagte der Schwede, wandte sich ab und lachte ein wenig, »du hast für alles eine Erklärung.«

»Es war derselbe Wind, der das Steuerpaddel erfasst und es so nahe ans Ufer geschleudert hat, dass es mit dem nächsten Brocken, der sich löste, ins Wasser gefallen ist«, rief ich ihm nach, fest entschlossen, eine Erklärung für alles zu finden, was er mir zeigte.

»Ja, natürlich«, rief er zurück und drehte noch einmal den Kopf, um mich anzusehen, bevor er zwischen den Weidenbüschen verschwand.

Als ich wieder allein war, mit diesen verwirrenden Aussagen über persönliches Handeln, dachte ich zunächst: 'Einer von uns muss das getan haben, und das war sicher nicht ich.' Aber mein zweiter Gedanke widersprach dem. Unter allen gegebenen Umständen war es geradezu unmöglich, anzunehmen, dass einer von uns beiden es getan haben sollte.

Dass mein Gefährte, der vertraute Freund von einem Dutzend ähnlicher Expeditionen, wissentlich seine Hand im Spiel gehabt haben könnte, war ein Gedanke, den ich nicht einen Moment lang in Betracht ziehen wollte. Ebenso absurd erschien die Erklärung, dass diese unbeirrbare und äußerst praktische Natur plötzlich wahnsinnig geworden und wahnsinnige Absichten verfolgen würde.

Was mich jedoch am meisten störte und meine Angst, selbst in diesem strahlenden Sonnenlicht und dieser wilden Schönheit, am Leben hielt, war die eindeutige Gewissheit, dass sich in seinem *Kopf* eine sonderbare Veränderung vollzogen hatte – dass er nervös, ängstlich und misstrauisch war, dass er sich gewisser Vorgänge bewusst war, über die er nicht sprach, dass er eine Reihe geheimer und bisher unerwähnter Ereignisse beobachtet hatte – kurzum, dass er auf einen Höhepunkt wartete, den er kommen sah und, wie ich glaubte, sehr bald kommen sah. Dieser Gedanke formte sich intuitiv in meinem Kopf – und – und ich wusste selbst nicht, wie.

Ich untersuchte eilig das Zelt und seine Umgebung, aber die Abstände der Nacht waren noch die gleichen. Es hatten sich tiefe Mulden im Sand gebildet, die ich jetzt zum ersten Mal bemerkte. Sie waren beckenförmig und von unterschiedlicher Tiefe und Größe, wie von einer Teetasse bis zu einer großen Schale.

Zweifellos war der Wind für diese Miniaturkrater verantwortlich, genauso wie es der Wind war, der das Paddel angehoben und in Richtung des Wassers geschleudert hatte. Der Riss im Kanu war das Einzige, was mir völlig unerklärlich erschien, und es *war* immerhin denkbar, dass eine scharfe Spitze es beim Anlanden erwischt hatte.

Die Untersuchung des Ufers, die ich vornahm, stützte diese Theorie nicht, aber ich klammerte mich mit dem schwindenden Teil meiner Intelligenz, den ich 'Vernunft' nannte, an sie. Eine wie auch immer geartete Erklärung war hier eine absolute Notwendigkeit, so wie eine funktionierende Erklärung des Universums – wie absurd auch immer – für den Seelenfrieden jedes Einzelnen notwendig ist, der versucht, seine Pflicht in der Welt zu erfüllen und sich den Problemen des Lebens zu stellen. Dieser Vergleich schien mir damals eine exakte Parallele zu sein.

Ich machte mich sofort daran, Pech zu schmelzen, und bald schloss sich mir der Schwede an, obwohl das Kanu unter den günstigsten Voraussetzungen nicht vor dem nächsten Tag für die Weiterreise bereit sein konnte. Dann lenkte seine Aufmerksamkeit beiläufig auf die Vertiefungen im Sand.

»Ja«, sagte er, »ich weiß. Sie sind überall auf der Insel. Aber *du* kannst sie doch sicher erklären!«

»Der Wind, natürlich«, antwortete ich, ohne zu zögern. »Hast du noch nie diese kleinen Wirbelwinde auf der Straße beobachtet, die alles im Kreis herumwirbeln? Dieser Sand ist locker genug, um nachzugeben, das ist alles.«

Er antwortete nicht, und wir arbeiteten eine Zeit lang schweigend weiter. Währenddessen hatte ich ihn heimlich beobachtet und bekam den Eindruck, dass auch er mich beobachtete. Er schien auch ständig aufmerksam auf etwas zu lauschen, das ich nicht hören konnte, oder vielleicht auf etwas, das er zu hören erwartete, denn er drehte sich immer wieder um und starrte in die Büsche, in den Himmel und auf das Wasser, das durch die Öffnungen zwischen den Weiden sichtbar war. Manchmal legte er sogar die Hand minutenlang an sein Ohr. Er sagte mir jedoch nichts darüber, und ich stellte keine Fragen.

Und während er das beschädigte Kanu mit der Geschicklichkeit und Zuwendung eines roten Indianers ausbesserte, war ich froh, dass er in die Arbeit vertieft war, denn ich hatte eine vage Befürchtung, dass er von dem veränderten Aussehen der Weiden sprechen würde. Und wenn er *das* bemerkt hatte, konnte meine Fantasie auch nicht mehr als ausreichende Erklärung herhalten.

Endlich, nach einer langen Pause, begann er zu sprechen. »Komische Sache«, fügte er mit hastiger Stimme hinzu, als wolle er etwas sagen und es schnell hinter sich bringen. »Seltsame Sache. Ich meine, die Sache mit dem Otter gestern Nacht.«

Ich hatte etwas so völlig anderes erwartet, sodass er mich total überraschte, und ich schaute ihn scharf an.

»Das zeigt, wie einsam dieser Ort ist. Otter sind furchtbar scheue Tiere – «, sagte ich.

»Das meine ich natürlich nicht«, unterbrach er. »Ich meine – glaubst du – glaubst du, dass es wirklich ein Otter war?«

»Was sonst, um Himmels willen, was sonst?«

»Weißt du, ich habe es vor dir gesehen, und zuerst schien es so *viel* größer als ein Otter zu sein.«

»Der Sonnenuntergang hat es vergrößert, als du flussaufwärts geschaut hast oder so etwas in dieser Art«, antwortete ich.

Er schaute mich für einen Augenblick wie abwesend an, als ob er mit anderen Gedanken beschäftigt wäre.

»Es hatte so außergewöhnlich gelbe Augen«, fuhr er halb zu sich selbst fort.

»Das war auch die Sonne«, lachte ich ein wenig ungestüm. »Ich nehme an, du fragst dich jetzt, ob der Kerl im Boot – «

Ich hielt es plötzlich für besser, den Satz nicht zu beenden. Er lauschte wieder, drehte seinen Kopf in den Wind, und etwas in seinem Gesichtsausdruck ließ mich innehalten. Das Thema wurde fallen gelassen, und wir fuhren mit dem Abdichten des Kanus fort. Offenbar hatte er meinen unvollendeten Satz nicht bemerkt. Fünf Minuten später sah er mich jedoch über das Kanu hinweg an, das rauchende Pech in der Hand, sein Gesicht äußerst ernst.

»Wenn du es wissen willst«, sagte er langsam, »ich *habe* mich gefragt, was das in dem Boot war. Ich erinnere mich, dass ich damals dachte, es sei kein Mann. Das Ganze schien doch so plötzlich aus dem Wasser hochzukommen.«

Ich lachte ihm wieder ausgelassen ins Gesicht, aber dieses Mal waren Ungeduld und auch ein Hauch von Wut in meinem Gefühl.

»Hör zu«, rief ich, »dieser Ort ist schon seltsam genug, ohne dass wir uns verlieren und etwas einbilden müssen! Das Boot war ein gewöhnliches Boot, und der Mann darin war ein gewöhnlicher Mann, und beide fuhren so schnell stromabwärts, wie sie es bewältigen konnten. Und der Otter war ein Otter, also machen wir uns nicht zu Idioten!«

Er sah mich mit demselben ernsten Blick an. Er war nicht im Geringsten verärgert. Ich schöpfte Mut aus seinem Schweigen.

»Und, um Himmels willen«, fuhr ich fort, »tu nicht so, als ob du etwas hörst, denn das macht mich nur nervös, und es gibt nichts zu hören als den Fluss und diesen verfluchten alten, donnernden Wind.«

»Du *Narr*«, antwortete er mit leiser, schockierter Stimme, »du absoluter Narr. Das ist genau die Art, wie alle Opfer reden. Als ob du das nicht genauso gut verstehen würdest wie ich!«, spottete er höhnisch in einer Art von Resignation. »Das Beste, was du tun kannst, ist zu schweigen und zu versuchen, deinen Verstand so fest wie möglich beisammen zu halten. Dieser klägliche Versuch der Selbsttäuschung macht die Wahrheit nur noch schwerer zu ertragen, wenn du ihr schließlich ins Gesicht sehen musst.«

Ich war am Ende meiner Versuche und fand nichts mehr, was ich sagen sollte, denn ich wusste nur zu gut, wie recht er hatte. *Ich* war der Narr, nicht *er*. Bis zu einer gewissen Phase des Abenteuers war er mir mit Leichtigkeit vorausgewesen. Ich glaube, dass ich mich ärgerte, weil ich nicht dabei war, dass ich weniger hellsichtig, weniger empfindlich für diese außergewöhnlichen Ereignisse erwiesen habe, als er selbst, und auch nicht so recht wusste, was direkt vor meiner Nase vor sich ging. Offensichtlich *wusste er* alles von Anfang an. Aber in diesem Moment habe ich seine Worte bezüglich irgendwelcher Opfer völlig überhört und dass wir selbst dafür ausersehen sein sollten, zu solchen zu werden. Ich ließ von nun an jede Art von Verstellung fallen, aber auch meine Angst steigerte sich von nun an stetig bis zum Höhepunkt.

»Aber in einem Punkt hast du recht«, fügte er hinzu, bevor das Thema fallen gelassen wurde, »und zwar, dass wir besser nicht darüber reden oder auch nur darüber nachzudenken, denn was man *denkt*, findet seinen Ausdruck in Worten, und was man *sagt*, geschieht.«

An diesem Nachmittag, während das Pech am Kanu trocknete und aushärtete, versuchten wir zu fischen, prüften das Leck, sammelten Holz und beobachteten die gewaltige Flut des steigenden Wassers. Manchmal schwammen Massen von Treibholz in Ufernähe, und wir versuchten, mit langen Weidenzweigen einiges davon zu erwischen. Die Insel wurde zusehends kleiner, da immer wieder Stücke vom Ufer mit großem Getöse und Geplätscher weggerissen wurden. Das Wetter blieb bis etwa vier Uhr strahlend schön, und dann zeigte der Wind zum ersten Mal seit drei Tagen Anzeichen, sich zu legen. Im Südwesten zogen Wolken auf, die sich langsam über den Himmel ausbreiteten.

Diese Abschwächung des Windes war eine große Erleichterung, denn das unaufhörliche Dröhnen, Klopfen und Donnern hatte unsere Nerven strapaziert; jedoch war die Stille, die gegen fünf Uhr so plötzlich eintrat, in gewisser Weise ebenso bedrückend.

Alles gehörte nun dem Rauschen des Flusses. Es erfüllte die Luft mit tiefem Murmeln, musikalischer als die Windgeräusche, aber unendlich eintöniger. Der Wind hatte viele Töne, steigend, fallend, immer eine Art großer elementarer Melodie ausstoßend. Der Gesang des Flusses beinhaltete dagegen höchstens drei Töne – dumpfe Pedaltöne, die etwas Düsteres an sich hatten, dass dem Wind fremd war, und mir, in meinem damaligen nervösen Zustand, irgendwie und in wunderbarer Weise nach der Musik des Untergangs klangen.

Außergewöhnlich war auch, wie der plötzliche Rückzug des hellen Sonnenlichts der Landschaft alles nahm, was für Heiterkeit sorgte; und da diese besondere Landschaft bereits den Eindruck von etwas Unheimlichem vermittelte, war die Veränderung umso unwillkommener und spürbarer. Für mich, das weiß ich, wurde die sich verdunkelnde Aussicht deutlich beunruhigender, und ich ertappte mich mehr als einmal dabei, wie ich berechnete, wie bald nach Sonnenuntergang der Vollmond im Osten aufgehen würde, und ob die sich zusammenziehenden Wolken seine Beleuchtung der kleinen Insel stark beeinträchtigen würden.

Mit dieser allgemeinen Stille des Windes – obwohl er immer noch gelegentlich kurz auffrischte – schien mir der Fluss schwärzer zu werden und die Weiden dichter beisammen zu stehen. Auch Letztere führten eine Art Eigenbewegung aus; sie raschelten untereinander, wenn kein Wind wehte, und schüttelten sich seltsam von den Wurzeln aufwärts.

Wenn derart gewöhnliche Dinge auf diese Weise mit der Suggestion des Schreckens beladen werden, regen sie die Fantasie weit mehr an als die eines lediglich ungewöhnlichen Aussehens; und diese Büsche, die sich dicht um uns drängten, nahmen für mich in der Dunkelheit eine bizarre *Groteske* an, die ihnen irgendwie das Aussehen von zielgerichteten und lebendigen Kreaturen verlieh.

Ich hatte das Gefühl, dass ihre Alltäglichkeit das verbarg, was uns bösartig und feindlich gesinnt war.

Die Mächte der Umgebung kamen bei Einbruch der Nacht immer näher. Sie konzentrierten sich auf unsere Insel und ganz besonders auf uns. Denn so, irgendwie in meiner Fantasie, stellten sich meine wirklich unbeschreibbaren Empfindungen an diesem außergewöhnlichen Ort dar.

Ich hatte am frühen Nachmittag viel geschlafen und mich so etwas von der Erschöpfung einer unruhigen Nacht erholt, aber das sorgte offenbar nur dafür, mich noch anfälliger für den mich bedrückenden Spuk zu machen, als zuvor.

Ich kämpfte dagegen an, lachte über meine Gefühle, die ich für absurd und kindisch hielt, mit ganz offensichtlichen physiologischen Erklärungen. Doch trotz aller Bemühungen gewannen sie an Stärke, sodass ich mich vor der Nacht fürchtete, wie ein Kind, das sich im Wald verirrt hat, das Herannahen der Dunkelheit fürchtet.

Das Kanu hatten wir tagsüber sorgfältig mit einer wasserdichten Plane abgedeckt, und das eine noch verbliebene Paddel hatte der Schwede fest unten an den Stamm eines Baumes gebunden, damit uns der Wind dieses nicht auch noch raubte.

Ab fünf Uhr war ich mit dem Schmortopf und den Vorbereitungen für das Abendessen beschäftigt, da ich an diesem Abend mit dem Kochen dran war. Wir hatten Kartoffeln, Zwiebeln, fette Speckstückchen, um den Geschmack zu verstärken, und den gewöhnlich dicken Rest von früheren Eintöpfen am Boden des Topfes. Mit dem Schwarzbrot, das darin zerkleinert wurde, war das Ergebnis ganz ausgezeichnet. Als Nachtisch folgten ein Pflaumeneintopf mit Zucker und ein Gebräu aus starkem Tee mit Trockenmilch.

Ein ordentlicher Stapel Holz lag in unmittelbarer Nähe, und die Windstille erleichterte mir die Arbeit. Mein Gefährte saß träge da und beobachtete mich, wobei er seine Aufmerksamkeit zwischen dem Reinigen seiner Pfeife und dem Erteilen nutzloser Ratschläge aufteilte – ein zulässiges Privileg eines Mannes, der keinen Dienst tat. Er war den ganzen Nachmittag über sehr schweigsam gewesen und damit beschäftigt, das Kanu wieder abzudichten, die Zeltleinen zu verstärken und nach Treibholz zu fischen, während ich schlief. Wir sprachen nicht mehr über unliebsame Dinge, und ich glaube, seine einzigen Bemerkungen bezogen sich auf die allmähliche Zerstörung der Insel, die, wie er erklärte, nicht einmal mehr ein Drittel so groß war wie zu dem Zeitpunkt, an dem wir hier an Land gingen.

Der Topf hatte gerade zu brodeln begonnen, als ich seine rufende Stimme vom Ufer kommend hörte, wohin er sich unbemerkt entfernt hatte. Ich lief zu ihm.

»Komm und hör hin«, sagte er, »und sag mir, was du davon hältst.« Er hielt seine Hand, wie so oft, an sein Ohr.

»*Nun*, hörst du etwas?«, fragte er, wobei er mich neugierig beobachtete.

Wir standen da und hörten beide aufmerksam hin.

Zuerst hörte ich nur den tiefen Ton des Wassers und das Rauschen, das von seiner unruhigen Oberfläche aufstieg. Die Weiden waren auf einmal unbeweglich und still. Dann drang ein leises Geräusch an meine Ohren, ein eigenartiger Ton, der wie das Summen eines fernen Gongs klang. Es schien in der Dunkelheit von der gegenüberliegenden Öde aus Sumpf und Weiden zu uns herüberzukommen. Es wiederholte sich in regelmäßigen Abständen, aber es war sicher weder der Klang einer Glocke noch das Tuten eines fernen Dampfers. Ich kann es mit nichts anderem vergleichen als mit dem Klang eines riesigen Gongs, der weit oben am Himmel schwebt und unaufhörlich seinen gedämpften metallischen Ton wiederholt, leise und musikalisch, wenn er wiederholt angeschlagen wird.

Mein Herz schlug schneller, als ich hinhörte.

»Ich habe es schon den ganzen Tag über gehört«, sagte mein Begleiter. »Während du heute Nachmittag geschlafen hast, kam es von überall auf der Insel her.

Ich habe es verfolgt, konnte aber nie nahe genug herankommen, um es zu erfassen – um es genau zu lokalisieren. Manchmal war es über mir, und manchmal schien es unter dem Wasser zu sein. Ein oder zwei Mal hätte ich auch schwören können, dass es gar nicht da draußen war, sondern *in mir selbst* – du weißt schon, so wie angeblich ein Geräusch aus der vierten Dimension kommen soll.«

Ich war zu verwirrt, um seinen Worten viel Aufmerksamkeit zu schenken. Ich lauschte angestrengt und versuchte, es mit irgendeinem mir bekannten Geräusch in Verbindung zu bringen, aber ohne Erfolg. Es änderte sich auch in der Richtung, kam näher und verschwand dann völlig in der Ferne. Ich kann nicht behaupten, dass es etwas Bedrohliches an sich hatte, denn es erschien mir eindeutig musikalisch, aber ich muss dennoch zugeben, dass es ein beunruhigendes Gefühl auslöste, sodass ich mir wünschte, ich hätte es nie gehört.

»Es ist der Wind, der in diesen Sandrichtern weht«, sagte ich, entschlossen, eine Erklärung zu finden, »oder vielleicht sind es die Sträucher, die nach dem Sturm aneinander reiben.«

»Es kommt aus dem ganzen Sumpf«, antwortete mein Freund. »Es kommt von überall gleichzeitig.«

Er ignorierte meine Erklärungen und fuhr fort: »Es kommt irgendwie von den Weidenbüschen – «

»Aber jetzt hat der Wind nachgelassen«, wandte ich ein. »Die Weiden können doch kaum selbst ein Geräusch machen, oder?«

Seine Antwort erschreckte mich, erstens, weil ich sie befürchtet hatte und zweitens, weil ich intuitiv wusste, dass sie der Wahrheit entsprach.

»Es ist so, *weil* der Wind nachgelassen hat, dass wir es jetzt hören. Vorher war es untergegangen. Es ist, glaube ich, der Schrei der – «

Ich eilte zu meinem Feuer zurück, gewarnt durch das Geräusch des Blubberns, dass der Eintopf in Gefahr war, aber gleichzeitig entschlossen, einem weiteren Gespräch zu entgehen. Ich hatte entschieden, einen Meinungsaustausch nach Möglichkeit zu vermeiden. Ich fürchtete auch, dass er von den Göttern oder den Urgewalten oder etwas anderem Beunruhigendem anfangen würde, und ich wollte mich für das, was später passieren könnte, gut wappnen. Es lag noch eine weitere Nacht vor uns, bevor wir diesen quälenden Ort verlassen würden, und wir wussten noch nicht, was sie bringen würde.

»Komm und schneide Brot für den Eintopf«, rief ich ihm zu und rührte kräftig die appetitliche Mischung herum. Dieser Eintopf würde uns beide zur Vernunft bringen, und der Gedanke daran brachte mich zum Lachen.

Langsam kam er herüber, nahm den Proviantsack vom Baum, wühlte in seinen geheimnisvollen Tiefen und leerte dann den gesamten Inhalt auf die Plane zu seinen Füßen.

»Beeil dich!«, rief ich, »es kocht schon!«

Der Schwede brach in ein schallendes Gelächter aus, das mich aufschreckte. Es war ein gezwungenes Lachen, nicht gerade künstlich, aber bitter.

»Hier ist nichts!«, rief er und hielt sich die Seiten. »Brot, meine ich. Es ist weg. Es gibt kein Brot mehr. Sie haben es mitgenommen!«

Ich ließ den langen Kochlöffel fallen und rannte hin. Alles, was der Sack enthielt, lag auf dem Boden, aber es gab kein Brot.

Das ganze Gewicht meiner wachsenden Angst fiel auf mich herab und schüttelte mich. Dann brach auch ich in Gelächter aus. Das war das Einzige, was ich tun konnte, und der Klang meines Lachens ließ mich auch sein Lachen verstehen. Die Auswirkungen des psychischen Drucks verursachten es – diese Explosion des unnatürlichen Lachens in uns beiden.

Es war ein Versuch der unterdrückten Kräfte, sich zu befreien, ein vorübergehendes Sicherheitsventil. Und bei uns beiden hörte es ganz plötzlich auf.

»Wie sträflich dumm von mir!« rief ich, immer noch entschlossen, konsequent zu sein und eine Erklärung zu finden. »Ich habe glatt vergessen, in Pressburg ein Brot zu kaufen. Diese plappernde Frau hat mich völlig verwirrt, und ich muss es auf dem Tresen liegen gelassen haben oder – «

»Vom Hafermehl ist auch viel weniger da als heute Morgen«, unterbrach ihn der Schwede.

'Warum in aller Welt muss er mich darauf aufmerksam machen?', dachte ich wütend.

»Es ist noch genug für morgen da«, sagte ich und rührte kräftig um, »und wir können in Komorn oder Gran noch viel mehr bekommen. In vierundzwanzig Stunden sind wir meilenweit weg von hier.«

»Bei Gott – ich hoffe es«, murmelte er und steckte die Sachen zurück in den Sack, »es sei denn, wir müssen vorher als Opfer herhalten«, fügte er mit einem albernen Lachen hinzu.

Er zog den Sack ins Zelt, zur Sicherheit, wie ich annehme, und ich hörte, wie er vor sich hin murmelte, aber so undeutlich, dass es für mich recht einfach war, seine Worte zu ignorieren.

Unsere abendliche Mahlzeit fand zweifellos in einer düsteren Atmosphäre statt, und wir aßen fast schweigend, mieden die Blicke des anderen und ließen das Feuer hell brennen. Dann spülten wir ab und bereiteten uns auf die Nacht vor, und während wir rauchten und unsere Gedanken nicht mit irgendwelchen konkreten Aufgaben beschäftigt waren, wurde die dunkle Vorahnung, die ich den ganzen Tag über gespürt hatte, immer stärker. Ich glaube, es war keine regelrechte Angst, aber die Unbestimmtheit ihres Ursprungs beunruhigte mich viel mehr, als wenn ich in der Lage gewesen wäre, sie zu erkennen und offen entgegenzutreten.

Das seltsame Geräusch, das ich mit dem Ton eines Gongs verglichen habe, kam nun fast ständig und erfüllte die Stille der Nacht eher mit einem schwachen, ununterbrochenen Geläute als mit einer Reihe deutlicher Töne. Mal war es hinter und dann wieder vor uns. Manchmal glaubte ich, es käme aus den Büschen zu unserer Linken, dann wieder aus dem Gestrüpp zu unserer Rechten. Meistens schwebte es direkt über uns, wie das Schwirren von Flügeln. Es war wirklich überall gleichzeitig, hinter, vor, an unseren Seiten und über unseren Köpfen; es umgab uns völlig. Das Geräusch lässt sich wirklich nicht beschreiben. Nichts, was ich kenne, gleicht diesem unaufhörlichen, dumpfen Brummen, das aus der verlassenen Welt der Sümpfe und Weiden aufstieg.

Wir saßen in ziemlicher Stille da und rauchten. Die Anspannung stieg von Minute zu Minute. Das Schlimmste an der Situation schien mir zu sein, dass wir nicht wussten, was uns erwartete, und daher keine Vorbereitungen zur Verteidigung treffen konnten. Wir konnten nichts vorhersehen. Meine Erklärungen, die ich bei Sonnenschein abgegeben hatte, erwiesen sich nun als töricht und völlig unbefriedigend, und es wurde uns immer bewusster, dass eine Art Klärungsgespräch zwischen mir und meinem Begleiter unvermeidlich war, ob ich wollte oder nicht. Schließlich mussten wir die Nacht zusammen verbringen und im selben Zelt nebeneinander schlafen. Ich sah ein, dass ich nicht mehr lange ohne die Unterstützung seines Verstandes auskommen konnte, und dafür war natürlich ein klares Gespräch unumgänglich. Ich schob diesen kleinen Höhepunkt jedoch so lange wie möglich hinaus und versuchte, die gelegentlichen Sätze, die er in die Leere warf, zu ignorieren oder darüber zu lachen.

Mehr noch, einige dieser Sätze beunruhigten mich sehr, denn sie bestätigten vieles, was ich selbst empfand, und zwar von einem ganz anderen Gesichtspunkt aus, was sie noch überzeugender machte. Er verfasste so merkwürdige Sätze und schleuderte sie mir in einer so inkonsequenten Art und Weise entgegen, als wäre sein Hauptgedanke ein Geheimnis für ihn, und diese Fragmente wären nur Bruchstücke, die er nicht verdauen konnte. Er wurde sie los, indem er sie aussprach. Das Sprechen erleichterte ihn. Es schien, als wäre er krank.

»Es gibt Dinge an uns, da bin ich mir sicher, die für Unordnung, Zerrüttung, Zerstörung sorgen, unsere Zerstörung«, sagte er einmal, während das Feuer zwischen uns loderte. »Wir sind irgendwo von einem sicheren Pfad abgekommen.«

Und ein anderes Mal, als die Gongschläge näher kamen, viel lauter als zuvor und direkt über unseren Köpfen, sagte er, als spräche er mit sich selbst:

»Ich glaube nicht, dass ein Grammophon so etwas wiedergeben könnte. Der Ton kommt gar nicht über die Ohren zu mir. Die Schwingungen erreichten mich auf eine ganz andere Art und Weise und scheinen in mir zu sein, genau so, wie sich ein Ton aus der vierten Dimension bemerkbar machen sollte.«

Ich antwortete absichtlich nicht darauf, sondern setzte mich ein wenig näher ans Feuer und blickte in die Dunkelheit. Die Wolken hingen dicht am Himmel, und vom Mondlicht war keine Spur zu sehen. Auch war alles sehr still, sodass der Fluss und die Frösche alles für sich hatten.

»Es hat etwas an sich«, fuhr er fort, »das völlig außerhalb der üblichen Erfahrung liegt. Er ist *unbekannt*. Nur eines beschreibt ihn wirklich; es ist ein nicht-menschlicher Klang, ich meine einen Klang außerhalb der Welt der Menschen.«

Nachdem er diesen unverdaulichen Happen losgeworden war, blieb er eine Zeit lang ruhig, aber er hatte mein eigenes Gefühl so wunderbar ausgedrückt, dass es eine Erleichterung war, dass der Gedanke ausgesprochen und durch Worte eingegrenzt wurde, sodass er nicht im Kopf hin- und herwanderte.

Die Einsamkeit dieses Donau-Campingplatzes, kann ich sie jemals vergessen? Das Gefühl, ganz allein auf einem leeren Planeten zu sein! Meine Gedanken kreisten unaufhörlich um die Städte und die Ausflugsziele der Menschen. Ich hätte meine Seele dafür gegeben, wie man so schön sagt, für das 'Gefühl', das jene bayerischen Dörfer vermittelten, durch die wir reihenweise gefahren waren, für die normalen, menschlichen Alltäglichkeiten. Biertrinkende Bauern, Tische unter den Bäumen, heißer Sonnenschein, eine Burgruine auf dem Felsen hinter der Kirche mit dem roten Dach. Sogar die Touristen wären mir willkommen gewesen.

Doch was ich an Furcht empfand, war keine gewöhnliche Furcht vor Geistern. Sie war unendlich viel größer, seltsamer und schien einem düsteren, uralten Gefühl des Schreckens zu entspringen, das mich tiefer gehender beunruhigte als alles, was ich bisher kannte oder mir vorgestellt hatte.

Wir hatten uns 'verirrt', wie es der Schwede ausdrückte. Wir waren in eine Region geraten oder eine Reihe von Zuständen, wo die Risiken groß, aber für uns unverständlich waren; wo die Grenzen einer unbekannten Welt dicht um uns herum lagen. Es war ein Punkt, der von den Bewohnern eines äußeren Raumes besetzt war, eine Art Guckloch, von dem aus sie – selbst unsichtbar – die Erde ausspähen konnten. Ein Punkt, an dem der Schleier dazwischen ein wenig dünn geworden war. Als Endergebnis eines zu langen Aufenthalts hier sollten wir über die Grenze getragen und dessen beraubt werden, was wir 'unser Leben' nannten, jedoch durch geistige, nicht körperliche Prozesse. In diesem Sinne sollten wir, wie er sagte, die Leidtragenden unseres Abenteuers sein – ein Opfer.

Es traf uns auf unterschiedliche Weise, jeden nach dem Maß seiner Sensibilität und seiner Widerstandskraft. Ich übersetzte es vage in eine Personifikation der mächtig gestörten Elemente, indem ich diesen ein bewusstes Erschrecken und eine vorsätzliche und bösartige Absicht zuschrieb, die sich über unser kühnes Eindringen in ihre Brutstätte ärgerte; während mein Freund es zunächst in die unoriginelle Form eines Eindringens in ein altes Heiligtum brachte, einen Ort, an dem die alten Götter noch herrschten, an dem die emotionalen Kräfte früherer Anbeter noch lebendig geblieben waren und der angestammte Teil dem alten heidnischen Zauber nachgab.

Auf jeden Fall war hier ein Ort, der nicht von Menschen entweiht worden war, der von den Winden vor vergröbernden menschlichen Einflüssen rein gehalten wurde, ein Ort, an dem geistige Kräfte nahe und feindselig waren. Nie zuvor oder danach wurde ich von der fürchterlichen Ahnung einer 'jenseitigen Region', einer anderen Lebensform, einem anderen Umlauf, der nicht parallel zum menschlichen verläuft, so angegriffen. Und am Ende würde unser Verstand unter dem Gewicht des schrecklichen Zaubers erliegen, und wir würden über die Grenze in *ihre* Welt gezogen werden.

Kleine Dinge zeugten von der erstaunlichen Wirkung des Ortes, und jetzt, in der Stille um das Feuer, ließen sie sich vom Geist wahrnehmen. Die Atmosphäre selbst hatte sich als vergrößerndes Medium erwiesen, um jedes Zeichen zu verzerren: der Otter, der sich in der Strömung wälzte, der eilige Bootsmann, der Zeichen machte, die sich bewegenden Weiden, sie alle waren ihres natürlichen Charakters beraubt und zeigten etwas von ihrem anderen Aussehen, wie es jenseits der Grenze zu dieser anderen Region bestand. Und dieser veränderte Aspekt, den ich spürte, betraf nicht mehr nur mich, sondern die gesamte menschliche Rasse. Die ganze Erfahrung, deren Rand wir berührten, war der Menschheit völlig unbekannt. Es war eine neue Ordnung der Erfahrung und im wahrsten Sinne des Wortes *unirdisch*.

»Es ist die bewusste, berechnende Absicht, die den Mut auf null reduziert«, sagte der Schwede plötzlich, als hätte er meine Gedanken tatsächlich verfolgt. »Sonst könnte man viel der Fantasie anlasten. Aber das Paddel, das Kanu, dies schwindenden Essensvorräte – «

»Habe ich das nicht alles schon einmal erklärt?« unterbrach ich ihn lästernd.

»Das hast du«, antwortete er trocken, »das hast du in der Tat.«

Wie gewohnt machte auch andere Bemerkungen über das, was er die 'offenkundige Entschlossenheit, ein Opfer zu finden' nannte; aber da ich nun meine Gedanken im Griff hatte, erkannte ich, dass dies einfach der Schrei seiner verängstigten Seele gegen das Wissen war, dass er heftig angegriffen wurde und dass er irgendwie überwältigt oder zerstört werden sollte.

Die Situation erforderte eine Art von Mut und kühlem Denken, die keiner von uns beiden aufbringen konnte, und ich war mir noch nie so deutlich zweier Personen in mir bewusst – eine, die alles erklären konnte, und eine, die über diese törichten Erklärungen lachte und dennoch furchtbare Angst empfand.

In der Zwischenzeit begann das Feuer in der stockfinsteren Nacht zu verlöschen und der

Holzstapel wurde kleiner. Keiner von uns rührte sich, um den Vorrat aufzufüllen, und so kam die Dunkelheit sehr nahe an unsere Gesichter heran.

Nur ein paar Fuß über den Kreis des Feuerlichts hinaus war es tiefschwarz. Gelegentlich ließ ein Windhauch die Weiden um uns herum erzittern, aber abgesehen von diesem nicht sehr willkommenen Geräusch herrschte eine tiefe und bedrückende Stille, die nur durch das Gurgeln des Flusses und das Summen in der Luft über uns unterbrochen wurde.

Wir beide vermissten, glaube ich, die lärmende Gesellschaft der Winde.

Schließlich in einem Moment, in dem ein verirrter Hauch vorbeizog, sodass wir schon glaubten, der Wind würde wieder auffrischen, kam für mich der Moment, an dem es zu viel wurde, der Punkt, an dem es für mich absolut notwendig war, Entlastung durch offene Worte zu finden, sonst würde ich einen hysterischen Anfall bekommen, dessen Wirkung auf uns beide noch viel schlimmer gewesen wäre. Mit einem Fußtritt fachte ich das Feuer an und wandte mich abrupt an meinen Begleiter. Er schaute mit einem Schreck auf.

»Ich kann es nicht länger verbergen«, sagte ich, »ich mag diesen Ort nicht, die Dunkelheit, die Geräusche und die schrecklichen Gefühle, die ich bekomme.«

»Irgendetwas ist hier, das mich vollkommen fertigmacht«, sagte ich. »Ich habe eine Heidenangst, und das ist die reine Wahrheit. Wenn es am anderen Ufer – wenn es dort anders wäre, schwöre ich, dass ich geneigt wäre, dorthin zu schwimmen!«

Das Gesicht des Schweden wurde ganz weiß unter der tiefen Bräune durch Sonne und Wind. Er starrte mich offen an und antwortete ruhig, aber seine Stimme verriet seine große Aufregung gerade durch ihre unnatürliche Ruhe. Im Moment war er jedenfalls der stärkere von uns beiden, zumal er auch phlegmatischer war.

»Es ist kein körperlicher Zustand, dem wir entkommen können, indem wir weglaufen«, antwortete er im Tonfall eines Arztes, der eine schwere Krankheit diagnostiziert, »wir müssen uns still verhalten und warten. Wir sind von Kräften umgeben, die eine Elefantenherde in einer Sekunde so leicht töten könnten, wie du oder ich eine Fliege zerquetschen. Unsere einzige Chance ist es, ganz still zu bleiben. Unsere Bedeutungslosigkeit kann uns vielleicht retten.«

Ich drückte ein Dutzend Fragen mit meinem Gesicht aus, fand aber keine Worte. Mir war so, als würde ich eine genaue Beschreibung einer Krankheit hören, deren Symptome mich verwirrt hatten.

»Ich meine, dass sie uns bisher nicht *gefunden* haben, obwohl sie von unserer störenden Anwesenheit wissen – nicht 'geortet' haben, wie die Amerikaner sagen«, fuhr er fort. »Sie irren herum wie Männer, die nach einem Gasleck suchen. Das Paddel, das Kanu und der Proviant beweisen das. Ich glaube, sie *spüren* uns, können uns aber nicht wirklich sehen. Wir müssen unsere Gedanken ruhig halten – es sind unsere Gedanken, die sie spüren. Wir müssen unsere Gedanken kontrollieren, sonst ist es aus mit uns.«

»Tod, meinst du?«, stammelte ich, eiskalt vor Entsetzen über seine Andeutung.

»Schlimmer – weitaus schlimmer«, sagte er. »Der Tod bedeutet, je nach Glauben, entweder Vernichtung oder Befreiung von den Beschränkungen der Sinne, aber er beinhaltet keine Veränderung des Charakters. Man verändert sich nicht plötzlich, nur weil der Körper weg ist. Aber dies hier bedeutet eine radikale Veränderung, eine vollständige Veränderung, einen schrecklichen Verlust seiner selbst durch Ersatz – viel schlimmer als der Tod und nicht einmal die Vernichtung. Wir haben uns zufällig an einer Stelle niedergelassen, wo ihr Gebiet das unsere berührt, wo der Schleier zwischen ihnen und uns dünn geworden ist. Daher spüren sie, dass wir in ihrer Nähe sind.«

»Aber *wer* spürt es?«, fragte ich.

Ich vergaß das Rütteln der Weiden in der Windstille und das Summen über mir. Ich vergaß alles, außer dass ich auf eine Antwort wartete, die ich mehr fürchtete, als ich es je erklären könnte.

Er senkte sofort die Stimme, um zu antworten, und beugte sich ein wenig über das Feuer. Eine undefinierbare Veränderung in seinem Gesicht brachte mich dazu, seinem Blick auszuweichen und auf den Boden zu blicken.

»Mein ganzes Leben lang«, sagte er, »war ich mir auf merkwürdige und lebhafte Weise einer anderen Region bewusst, die in gewissem Sinne nicht weit von unserer Welt entfernt ist, aber doch ganz anders ist; wo unaufhörlich große Dinge geschehen, wo ungeheure und schreckliche Wesen vorbeieilen, die große Ziele verfolgen, im Vergleich zu denen irdische Angelegenheiten, der Aufstieg und Fall von Nationen, die Schicksale von Imperien, das Schicksal von Armeen und Kontinenten, wie Staub als Gewicht in der Waage sind. Ungeheure Ziele, meine ich, die direkt mit der Seele zu tun haben und nicht indirekt mit bloßen Ausdrucksformen der Seele – «

»Ich schlage jetzt vor – «, begann ich und versuchte, ihn zu stoppen, denn ich hatte das Gefühl, einem Verrückten gegenüberzustehen. Aber er hat mich sofort mit seinem Redeschwall, den unweigerlich kommen *musste*, überrollt.

»Du denkst«, sagte er, »es sind die Elementargeister, und ich dachte, es wären vielleicht die alten Götter. Aber ich sage dir jetzt, es ist *keines von beiden*. Diese wären begreifbare Wesen, denn sie stehen in Beziehung zu den Menschen und sind auf sie angewiesen, wenn sie von ihnen angebetet oder für sie geopfert werden sollen, während diese Wesen, die jetzt um uns herum sind, absolut nichts mit den Menschen zu tun haben, und es ist reiner Zufall, dass ihr Raum gerade an dieser Stelle unseren eigenen berührt.«

Allein die Vorstellung, die seine Worte irgendwie so überzeugend machte, als ich ihnen dort in der dunklen Stille der einsamen Insel lauschte, ließ mich am ganzen Körper zittern. Ich war außerstande, meine Bewegungen zu kontrollieren.

»Und was schlägst du vor?«, begann ich wieder.

»Ein Opfer könnte uns retten, indem es sie ablenkt, bis wir entkommen können«, fuhr er fort, »so wie die Wölfe anhalten, um geopferte Hunde zu fressen, und den Schlitten entkommen lassen. Aber ich weiß nicht, wo jetzt ein anderes Opfer herkommen sollte.«

Ich starrte ihn ausdruckslos an. Das Funkeln in seinen Augen war schrecklich. Dann fuhr er fort.

»Es sind natürlich die Weiden. Die Weiden *verdecken* die anderen, aber die anderen suchen nach uns. Wenn wir zulassen, dass unser Verstand unsere Angst verrät, sind wir verloren, völlig verloren.«

Er sah mich mit einem Ausdruck an, der so ruhig, so entschlossen, so aufrichtig war, dass ich keine Zweifel mehr an seinem Verstand hatte. Er war so zurechnungsfähig wie kein anderer Mensch zuvor. »Wenn wir die Nacht durchhalten«, fügte er hinzu, »können wir bei Tageslicht unbemerkt oder – besser gesagt – *unentdeckt*, davonkommen.«

»Aber du glaubst wirklich, ein Opfer würde – «

Das gongartige Brummen kam ganz nah über unsere Köpfe, während ich sprach, doch es war das erschrockene Gesicht meines Freundes, das mir den Mund verschloss.

»Still!«, flüsterte er und hielt die Hand hoch. »Erwähne sie nicht öfter, als es notwendig ist. Sprich nicht *namentlich* über sie. Sie zu nennen bedeutet Enthüllung; es ist der unvermeidliche Hinweis, und unsere einzige Hoffnung besteht darin, sie zu ignorieren, damit sie uns ignorieren.«

»Auch in Gedanken?«, fragte ich.

Er war außerordentlich erregt. »Vor allem in Gedanken. Unsere Gedanken bilden Spiralen in ihrer Welt. Wir müssen sie um jeden Preis *aus unseren Köpfen* fernhalten, wenn es möglich ist.«

Ich harkte das Feuer zusammen und stocherte darin, um zu verhindern, dass die Dunkelheit alles verschlingt. Nie hatte ich mich so nach der Sonne gesehnt wie damals in der furchtbaren Schwärze jener Sommernacht.

»Warst du die ganze letzte Nacht wach?«, fuhr er plötzlich fort.

»Ich habe kurz nach dem Morgengrauen ein wenig und schlecht geschlafen«, antwortete ich ausweichend und versuchte, seinen Anweisungen zu folgen, von denen ich instinktiv wusste, dass er recht hatte.

»Aber natürlich der Wind – «, fuhr ich fort.

»Ich weiß. Aber der Wind kann nicht alle Geräusche erklären.«

»Dann hast du es auch gehört?«

»Die unzähligen kleinen Schritte, die ich gehört habe«, sagte er und fügte nach einem kurzen Zögern hinzu: »Und dieses andere Geräusch – «

»Du meinst, über dem Zelt, und das Herabdrücken von etwas Ungeheurem, Gigantischem auf uns?«

Er nickte bedeutsam.

»War es nicht wie der Beginn einer Art innerer Erstickung?«, sagte ich.

»Teilweise, ja. Es schien mir, als hätte sich das Gewicht der Atmosphäre verändert – enorm erhöht, sodass wir hätten erdrückt werden müssen.«

»Und das«, fuhr ich fort, entschlossen, alles zu erfahren, und zeigte nach oben, wo der gongartige Ton unaufhörlich summte, steigend und fallend wie der Wind. »Wie erklärst du dir das?«

»Es ist *ihr* Klang«, flüsterte er mit ernster Stimme. »Es ist der Klang ihrer Welt, das Brummen in ihrer Region. Die Trennung hier ist so dünn, dass es irgendwie durchdringt. Aber wenn du genau hinhörst, wirst du feststellen, dass es nicht so sehr von oben kommt, sondern uns rundherum umgibt. Es ist in den Weiden. Es sind die Weiden selbst, die summen, denn hier wurden die Weiden zu Symbolen für die Kräfte, die gegen uns sind.«

Ich konnte nicht genau nachvollziehen, was er damit meinte, aber der Gedanke und die Idee in meinem Kopf waren ohne Frage auch die meinen. Ich erkannte, was er erkannte, nur mit weniger ausgeprägter Kraft der Analyse. Es lag mir auf der Zunge, ihm endlich von meiner Halluzination der aufsteigenden Gestalten und der sich bewegenden Büsche zu erzählen, als er plötzlich sein Gesicht im Feuerschein wieder dicht an das meine brachte und in einem sehr ernsten Flüsterton zu sprechen begann. Er verblüffte mich durch seine Gelassenheit und seinen Mut, seine augenscheinliche Beherrschung der Situation – dieser Mann, den ich jahrelang für fantasielos und behäbig gehalten hatte!

»Hör jetzt zu«, sagte er. »Das Einzige, was wir machen können, ist, so zu tun, als wäre nichts geschehen, unseren üblichen Gewohnheiten zu folgen, ins Bett zu gehen und so weiter – so zu tun, als würden wir nichts fühlen und nichts bemerken. Es ist eine reine Kopfsache, und je weniger wir darüber nachdenken, desto größer sind unsere Chancen, ihnen zu entkommen. Vor allem darfst du nicht *denken*, denn was du denkst, geschieht!«

»In Ordnung«, schaffte ich zu antworten, einfach atemlos von seinen Worten und der Seltsamkeit des Ganzen. »In Ordnung, ich werde es versuchen, aber sag mir zuerst noch eine Sache. Sag mir, was du von den Vertiefungen im Boden um uns herum hältst, von diesen Sandtrichtern?«

»Nein!«, rief er und vergaß, in seiner Aufregung, zu flüstern. »Ich wage es nicht, ich wage es einfach nicht, den Gedanken auszusprechen. Wenn du es nicht erraten hast, bin ich froh. Versuche es nicht. *Sie* haben es mir in den Kopf gesetzt. Versuche mit allen Mitteln zu verhindern, dass sie es in deinen setzen.«

Bevor er geendet hatte, sank seine Stimme wieder zu einem Flüstern, und ich drängte ihn nicht zu einer weiteren Erklärung. In mir war bereits so viel Grauen, wie ich nur ertragen konnte. Das Gespräch endete, und wir rauchten schweigend und emsig unsere Pfeifen.

Dann geschah etwas, etwas scheinbar Unwichtiges, wie das so ist, wenn die Nerven sehr angespannt sind, und diese Kleinigkeit ließ mich für kurze Zeit alles aus einem andern Blickwinkel sehen. Ich blickte zufällig auf meine Strandschuhe hinunter – die Art, die wir für das Kanu benutzten – und irgendetwas an dem Loch über der Zehe erinnerte mich plötzlich an das Londoner Geschäft, in dem ich sie gekauft hatte, an die Schwierigkeiten des Mannes, ein passendes Paar für mich zu finden, und an andere Details des uninteressanten, aber praktischen Vorgangs.

Sofort, und als Folge dessen, kam ein gesunder Blick auf die moderne, skeptische Welt, in der ich mich zu Hause zu bewegen gewohnt war. Ich dachte an Roastbeef und Bier, an Autos, Polizisten, Blaskapellen und ein Dutzend anderer Dinge, die die Seele des Gewöhnlichen oder Nützlichen darstellen. Die Wirkung war unmittelbar und sogar für mich selbst erstaunlich. Psychologisch gesehen, nehme ich an, war es wohl nur eine plötzliche und heftige Reaktion nach dem Druck in einer Atmosphäre von Dingen zu leben, die dem normalen Bewusstsein unmöglich und unglaublich erscheinen müssen. Doch was auch immer die Ursache sein mag, für einen Moment war der Bann von meinem Herzen genommen, und ich fühlte mich für eine kurze Minute frei und vollkommen ohne Angst.

Ich blickte zu meinem Freund gegenüber auf: »Du verdammter alter Heide!«, rief ich und lachte ihm laut ins Gesicht. »Du einfallsreicher Idiot! Du abergläubischer Götzendiener! Du – «

Ich hielt mittendrin inne, erneut von dem alten Grauen ergriffen. Ich versuchte, den lästerlichen Klang meiner Stimme zu unterdrücken. Der Schwede hörte es natürlich auch – den seltsamen Schrei über uns in der Dunkelheit – und dieses plötzliche Absinken in der Luft, als ob etwas näher gekommen wäre.

Er war unter seiner Bräune aschfahl geworden. Er stand kerzengerade vor dem Feuer, steif wie ein Stock, und starrte mich an.

»Nach dieser Sache«, sagte er in einer Art hilfloser Verzweiflung, »müssen wir gehen! Wir können jetzt nicht bleiben, wir müssen sofort das Lager abbrechen und weiterfahren – den Fluss hinunter.«

Er redete, wie ich sah, ziemlich wild, und seine Worte waren von der Angst diktiert – der Angst, der er so lange widerstanden hatte, die ihn aber schließlich doch ergriffen hatte.

»Im Dunkeln?«, rief ich aus, zitternd vor Angst nach meinem hysterischen Ausbruch, aber ich erkannte immer noch unsere Lage besser als er. »Der reine Wahnsinn! Der Fluss führt Hochwasser, und wir haben nur ein einziges Paddel. Außerdem fahren wir nur tiefer in ihr Land hinein! Fünfzig Meilen lang gibt es nichts als Weiden, Weiden, Weiden!«

Er setzte sich in dem Zustand eines Beinahe-Zusammenbruchs wieder hin. Durch eine dieser kaleidoskopischen Veränderungen, die die Natur so liebt, waren die Rollen plötzlich vertauscht, und die Kontrolle über unsere Kräfte ging in meine Hände über. Sein Verstand hatte schließlich den Punkt erreicht, an dem er zu schwächeln begann.

»Was in aller Welt ist in dich gefahren, dass du so etwas zu tust?«, flüsterte er, und seine Stimme und sein Gesicht drückten echten Schrecken aus.

Ich ging zu seiner Seite des Feuers hinüber, nahm seine beiden Hände in die meinen, kniete neben ihm nieder und schaute ihm direkt in seine verängstigten Augen.

»Wir fachen das Feuer noch einmal an«, sagte ich entschlossen, »und legen uns dann für die Nacht schlafen. Bei Sonnenaufgang brechen wir, so schnell wir können, nach Komorn auf. Und jetzt reiß dich ein bisschen zusammen und denk an deinen eigenen Rat, *nicht an Angst zu denken!*«

Er sagte nichts mehr, aber ich sah, dass er zustimmen und gehorchen würde. In gewisser Weise war es auch eine Art Erleichterung, aufzustehen und einen Ausflug in die Dunkelheit zu machen, um mehr Holz zu holen. Wir blieben dicht beieinander, berührten uns fast, tasteten uns durch die Büsche und am Ufer entlang. Das Brummen über uns hörte nicht auf, sondern schien mir immer lauter zu werden, je weiter wir uns vom Feuer entfernten. Es war eine Arbeit, die uns frösteln ließ!

Wir suchten gerade inmitten eines dicken Weidenbüschels, wo sich einiges Treibholz von einer früheren Flut hoch zwischen den Ästen verfangen hatte, als mein Körper von einem Griff erfasst wurde, der mich halb auf den Sand fallen ließ. Es war der Schwede. Er war gegen mich gefallen und klammerte sich an mich, um sich zu stützen. Ich hörte, wie sein Atem in kurzen Stößen kam und ging.

»Sieh nur, bei meiner Seele«, flüsterte er, und zum ersten Mal in meinem Leben wusste ich, was es heißt, Tränen des Schreckens in einer menschlichen Stimme zu hören. Er deutete auf das Feuer, das etwa fünfzig Fuß entfernt war. Ich folgte der Richtung seines Fingers, und ich schwöre, mein Herz setzte einen Schlag aus.

Dort, vor dem schwachen Schein, *bewegte sich etwas.*

Ich sah es durch einen Schleier, der vor meinen Augen hing wie der Gazevorhang, der im Hintergrund einer Bühne verwendet wird – ein wenig verschwommen. Es war weder eine menschliche Gestalt noch ein Tier. Auf mich machte es den seltsamen Eindruck, als sei es so groß wie mehrere Tiere, die in Gruppen zusammenstehen, wie Pferde, zwei oder drei, die sich langsam bewegen.

Auch der Schwede kam zu einem ähnlichen Ergebnis, wenngleich er es anders ausdrückte, denn er meinte, es habe die Form und Größe einer Gruppe von Weidenbüschen, die oben abgerundet seien und insgesamt von einer Bewegung erfasst – 'sich um sich selbst schlängelnd wie Rauch', sagte er später.

»Ich habe gesehen, wie es durch die Büsche nach unten sank«, schluchzte er. »Schau, bei Gott! Es kommt auf uns zu! Oh, oh!« – er stieß eine Art pfeifenden Schrei aus. »*Sie haben uns gefunden.*«

Ich warf einen erschrockenen Blick dorthin, der es mir gerade noch ermöglichte zu sehen, dass sich die schattenhafte Gestalt durch das Gebüsch auf uns zubewegte, und dann fiel ich rückwärts und krachend in die Äste. Diese konnten mein Gewicht natürlich nicht tragen, sodass ich, mit dem Schweden auf mir, in einem kämpfenden Haufen auf den Sand fiel. Ich wusste wirklich kaum, was geschah. Eisige Angst hatte mich ergriffen und mir war, als würden die Nerven aus ihrer fleischlichen Hülle gerissen, in die eine oder andere Richtung gedreht, und zitternd wieder eingesetzt.

Meine Augen waren fest geschlossen; etwas in meiner Kehle würgte mich. Ich hatte das Gefühl, dass sich mein Bewusstsein erweiterte, sich in den Raum ausdehnte, was aber schnell einem anderen Gefühl wich, dass ich meinen Geist ganz und gar verlor und im Begriff war zu sterben. Ein heftiger Krampf durchfuhr mich, und ich war mir bewusst, dass der Schwede mich so gepackt hatte, dass er mir furchtbar wehtat, durch die Art, wie er mich beim Fallen ergriff.

Aber es war der Schmerz, erklärte er später, der mich rettete; er brachte mich dazu, *sie zu vergessen* und an etwas anderes zu denken, genau in dem Moment, als sie mich finden wollten. Er verbarg meinen Geist vor ihnen im Moment der Entdeckung, aber gerade noch rechtzeitig, um ihrem schrecklichen Zugriff auf mich zu entgehen. Er selbst, sagt er, sei im selben Moment in Ohnmacht gefallen, und das habe ihn gerettet.

Ich weiß nur, dass ich zu einem späteren Zeitpunkt – wie viel oder wie wenig Zeit vergangen war, lässt sich nicht sagen – aus dem glitschigen Geflecht der Weidenzweige kletterte und meinen Begleiter vor mir stehen sah, der mir eine Hand hinhielt, um mir zu helfen. Ich starrte ihn benommen an und rieb mir den

Arm, den er mir verdreht hatte. Irgendwie fiel mir nichts ein, was ich sagen konnte.

»Ich habe für ein oder zwei Augenblicke das Bewusstsein verloren«, hörte ich ihn sagen. »Das hat mich gerettet. Dadurch habe ich aufgehört, an sie zu denken.«

»Du hast mir fast den Arm gebrochen«, sagte ich und sprach in diesem Moment meinen einzigen zusammenhängenden Gedanken aus, zu dem ich fähig war. Ein Gefühl der Taubheit überkam mich.

»Das hat *dich* gerettet!«, antwortete er. »Wir haben es geschafft, sie auf einen falschen Kurs zu bringen. Das Brummen hat aufgehört. Es ist weg – jedenfalls für den Moment!«

Erneut erfasste mich der Drang zu einem hysterischen Lachen, und dieses Mal erfasste es auch meinen Freund – große, heilsame, schüttelnde Lachanfälle, die ein ungeheures Gefühl der Erleichterung mit sich brachten. Wir kehrten zum Feuer zurück und legten Holz nach, sodass es sofort aufflammte. Dann sahen wir, dass das Zelt umgefallen war und in einem wirren Haufen auf dem Boden lag.

Wir stellten es wieder auf und stolperten dabei mehr als einmal und blieben mit den Füßen im Sand stecken.

»Das sind diese Sandtrichter«, rief der Schwede, als das Zelt wieder aufgerichtet war und das Licht des Feuers den Boden einige Meter um uns herum beleuchtete. »Und sieh nur, wie groß sie sind!«

Rund um das Zelt und um die Feuerstelle, wo wir die sich bewegenden Schatten gesehen hatten, gab es tiefe, trichterförmige Vertiefungen im Sand, genau wie die, die wir schon auf der Insel gefunden hatten, nur viel größer und tiefer, wunderschön geformt und an einigen Stellen breit genug, um meinen ganzen Fuß und das Bein hineinstellen zu können.

Keiner sagte ein Wort. Wir wussten beide, dass nun der Schlaf das Sicherste für uns war, und wir legten uns unverzüglich nieder, nachdem wir Sand auf die Glut geworfen und den Proviantsack und das Paddel ins Zelt gebracht hatten. Auch das Kanu lehnten wir so gegen das Ende des Zeltes, dass unsere Füße es berührten und die kleinste Bewegung uns stören und wecken würde. Auch für den Notfall waren wir vorbereitet und gingen wieder in unseren Kleidern zu Bett, bereit für einen plötzlichen Aufbruch.

KAPITEL V.

Ich hatte die feste Absicht, die ganze Nacht wach zu bleiben und die Dinge zu beobachten, aber die Erschöpfung der Nerven und des Körpers gebot etwas anderes, und nach einer Weile überkam mich der Schlaf mit einer willkommenen Decke des Vergessens.

Er kam umso rascher, als mein Begleiter ebenfalls schlief. Zuerst zappelte er noch herum, setzte sich ständig auf und fragte mich, ob ich 'dies' oder 'das' gehört hätte. Er wälzte sich auf seiner Korkmatratze hin und her und meinte, das Zelt bewege sich und der Fluss sei über die Spitze der Insel gestiegen, aber jedes Mal, wenn ich hinausging, um nachzusehen, kam ich mit dem Bericht zurück, dass alles in Ordnung sei, und schließlich wurde er ruhiger und lag still.

Am Ende wurde seine Atmung regelmäßig und ich hörte unverkennbare Schnarchgeräusche – das erste und einzige Mal in meinem Leben, dass Schnarchen einen willkommenen und beruhigenden Einfluss auf mich hatte. Dies war, wie ich mich erinnere, der letzte Gedanke, den ich hatte, bevor ich einschlief.

Eine Atemnot weckte mich, und ich fand die Decke über meinem Gesicht. Aber außer der Decke drückte noch etwas anderes auf mich, und mein erster Gedanke war, dass mein Begleiter im Schlaf von seiner Matratze auf meine gerollt war.

Ich rief seinen Namen und setzte mich auf, und im selben Moment wurde mir klar, dass das Zelt *umzingelt* war. Draußen war wieder das leise Trippeln von vielen Menschen zu hören, das die Nacht mit Schrecken erfüllte.

Ich rief erneut nach ihm, lauter als zuvor. Er antwortete nicht, aber ich vermisste das Geräusch seines Schnarchens und bemerkte auch, dass die Klappe des Zeltes heruntergefallen war. Das war eine unverzeihliche Sünde. Ich kroch in der Dunkelheit hinaus, um sie wieder festzuhaken, und in diesem Moment wurde mir zum ersten Mal klar, dass der Schwede nicht da war. Er war verschwunden.

Ich eilte in einem wahnsinnigen Lauf hinaus, von einer schrecklichen Unruhe ergriffen, und kaum war ich draußen, war mir so, als stürzte ich in eine Art von brummender Strömung, die mich völlig umgab und aus allen Himmelsrichtungen auf einmal kam. Es war dasselbe vertraute Brummen – nur verrückt geworden! Ein Schwarm großer unsichtbarer Bienen hätte in der Luft um mich herum sein können. Das Geräusch schien die Atmosphäre zu verdichten, und ich spürte, dass meine Lungen nur schwer arbeiten konnten.

Aber mein Freund war in Gefahr, und ich durfte nicht zögern.

Die Morgendämmerung brach gerade an, und ein schwaches weißliches Licht breitete sich von einem schmalen Streifen des klaren Horizonts über die Wolken nach oben aus; kein Lüftchen regte sich.

Ich konnte gerade noch die Büsche, den Fluss dahinter und die hellen Sandflecken erkennen. In meiner Aufregung rannte ich hektisch auf der Insel hin und her, rief ihn beim Namen und schrie lauthals die ersten Worte heraus, die mir in den Sinn kamen.

Aber die Weiden erstickten meine Stimme, und das Brummen dämpfte sie, sodass der Ton nur ein paar Meter um mich herum zu hören war.

Ich stürzte zwischen den Büschen hindurch, stolperte kopfüber, taumelte über Wurzeln und schürfte mir das Gesicht auf, als ich zwischen den mich behindernden Ästen hin und her rannte.

Dann, ganz unerwartet, kam ich an der Spitze der Insel heraus und sah die Umrisse einer dunklen Gestalt zwischen Wasser und Himmel. Es war der Schwede, und er stand mit einem Fuß im Fluss!

Noch einen Moment länger und er hätte sich in den Fluss gestürzt.

Ich warf mich auf ihn, schlang meine Arme um seine Hüfte und zerrte ihn mit aller Kraft zum Ufer hin. Natürlich wehrte er sich wie wild geworden, gab Töne von sich, die wie dieses verfluchte Brummen klangen, und gebrauchte in seiner Wut die haarsträubendsten Ausdrücke wie 'ins *Innere* zu Ihnen gehen' und 'den Weg des Wassers und des Windes nehmen' und Gott weiß was noch alles. Hinterher versuchte ich vergeblich, mich an all das zu erinnern, aber es machte mich krank vor Entsetzen und Erstaunen, als ich es hörte.

Schließlich gelang es mir, ihn in das vergleichsweise sichere Zelt zu bringen, und ich warf ihn atemlos und fluchend auf die Matratze, wo ich ihn festhielt, bis der Anfall vorüber war.

Ich glaube, die Plötzlichkeit, mit der alles vorbei war und er sich beruhigte, fiel mit dem ebenso abrupten Aufhören des Summens und Trippelns draußen zusammen – ich glaube fast, das war vielleicht der seltsamste Teil der ganzen Angelegenheit.

Er hatte gerade die Augen geöffnet und wandte mir sein müdes Gesicht zu, sodass die Morgendämmerung ein fahles Licht durch die Türöffnung darauf warf, und sagte, ganz wie ein verängstigtes Kind:

»Mein Leben, alter Mann – ich verdanke dir mein Leben. Aber jetzt ist sowieso alles vorbei. Sie haben ein Opfer an unserer Stelle gefunden!«

Dann ließ er sich auf seine Decken fallen und schlief buchstäblich vor meinen Augen ein.

Er brach einfach zusammen und begann wieder so gesund zu schnarchen, als wäre nichts geschehen, als hätte er nie versucht, sein eigenes Leben durch Ertrinken zu opfern.

Und als das Sonnenlicht ihn drei Stunden später weckte – Stunden ununterbrochener Wache für mich – wurde es mir sehr klar, dass er sich an absolut nichts von dem erinnerte, was er versucht hatte zu tun, sodass ich es für ratsam hielt, zu schweigen und keine gefährlichen Fragen zu stellen.

Er wachte, wie gesagt, ganz normal und leicht auf, als die Sonne schon hoch am windstillen, heißen Himmel stand, und er machte sich sofort daran, das Feuer für das Frühstück vorzubereiten.

Ich folgte ihm besorgt, als er zum Baden ging, aber er versuchte nicht, ins Wasser zu gehen, sondern tauchte nur den Kopf ein und machte eine Bemerkung über die besondere Kälte des Wassers.

»Der Fluss sinkt endlich wieder, sagte er, und ich bin froh darüber.«

»Das Brummen hat auch aufgehört«, sagte ich.

Er schaute mich ruhig und mit seinem normalen Gesichtsausdruck an. Offensichtlich erinnerte er sich an alles, außer an seinen eigenen Selbstmordversuch.

»Alles hat aufgehört«, sagte er, »weil – «

Er zögerte. Aber ich wusste, dass er an die Bemerkung dachte, die er kurz vor seiner Ohnmacht gemacht hatte, und ich wollte wissen, was er meinte.

»Weil sie ein weiteres Opfer gefunden haben?«, sagte ich mit seinen eigenen Worten und zwang mich zu einem kleinen Lachen.

»Genau«, antwortete er, »genau! Ich fühle es so deutlich, als ob – als ob – ich fühle mich wieder ganz sicher, meine ich«, endete er.

Er begann, sich neugierig umzusehen.

Das Sonnenlicht lag in heißen Flecken auf dem Sand. Es war windstill. Die Weiden waren unbeweglich. Langsam erhob er sich auf die Füße.

»Komm«, sagte er, »ich glaube, wenn wir suchen, werden wir es finden.«

Er rannte los, und ich folgte ihm. Er hielt sich am Ufer und stocherte mit einem Stock in den sandigen Buchten, Höhlen und kleinen Nebengewässern herum, wobei ich ihm immer dicht auf den Fersen blieb.

»Ah!«, rief er plötzlich aus, »ah!«

Der Klang seiner Stimme brachte mir irgendwie wieder das Grauen der letzten vierundzwanzig Stunden lebhaft ins Gedächtnis, und ich eilte zu ihm.

Er zeigte mit seinem Stock auf ein großes schwarzes Objekt, das halb im Wasser und halb auf dem Sand lag. Es schien von einigen verdrehten Weidenwurzeln festgehalten zu werden, sodass der Fluss es nicht wegspülen konnte. Einige Stunden zuvor muss die Stelle noch ganz unter Wasser gestanden haben.

»Sieh«, sagte er leise, »das Opfer, das unsere Flucht ermöglicht hat!«

Und als ich über seine Schulter blickte, sah ich, dass sein Stock auf dem Körper eines Mannes ruhte.

Er drehte ihn herum. Es war die Leiche eines Bauern, und das Gesicht war im Sand verborgen. Offensichtlich war der Mann wenige Stunden zuvor ertrunken, und sein Leichnam musste etwa zur Stunde der Morgendämmerung auf unsere Insel gespült worden sein – genau zu dem Zeitpunkt, *als der Anfall des Schweden vorüber war.*

»Wir müssen ihn anständig begraben, nicht wahr?«

»Ich denke schon«, antwortete ich. Unwillkürlich schauderte ich ein wenig, denn die Erscheinung des armen Ertrunkenen hatte etwas, das mich kalt werden ließ.

Der Schwede warf mir einen scharfen Blick zu, mit einem nicht zu entziffernden Ausdruck auf seinem Gesicht, und begann, das Ufer hinunterzuklettern. Ich folgte ihm etwas gemächlicher.

Die Strömung hatte, wie ich feststellte, einen großen Teil der Kleidung vom Körper gerissen, sodass der Hals und ein Teil der Brust frei lagen.

Auf halbem Weg die Uferböschung hinunter blieb mein Begleiter plötzlich stehen und hob warnend die Hand; aber entweder rutschte ich mit dem Fuß aus oder hatte zu viel Schwung gewonnen, um schnell zum Stehen zu kommen, denn ich stieß mit ihm zusammen und schickte ihn mit einer Art Sprung nach vorn, um sich zu retten.

Wir taumelten gemeinsam auf den harten Sand, sodass unsere Füße ins Wasser platschten. Und bevor wir etwas tun konnten, waren wir, ein wenig heftig, gegen den Leichnam geprallt.

Der Schwede stieß einen spitzen Schrei aus, und ich sprang zurück, als hätte man auf mich geschossen.

In dem Augenblick, in dem wir den Körper berührten, stieg ein lautes Brummen von ihm auf – ein Klang mehrerer Brummgeräusche zusammen – die mit einem gewaltigen Getöse wie von geflügelten Dingern in der Luft über uns vorbeizogen und nach oben in den Himmel verschwanden, schwächer und schwächer wurden, bis sie schließlich in der Ferne verstummten. Es war genau so, als hätten wir einige lebende, aber unsichtbare Wesen bei ihrer Arbeit gestört.

Mein Begleiter umklammerte mich, und ich glaube, ich umklammerte ihn, aber bevor einer von uns Zeit hatte, sich von dem unerwarteten Schock zu erholen, sahen wir, dass eine Bewegung der Strömung den Leichnam umdrehte, sodass er aus dem Griff der Weidenwurzeln befreit wurde.

Einen Augenblick später hatte er sich vollständig umgedreht. Das tote Gesicht war nach oben gerichtet und starrte in den Himmel. Er lag am Rande des Hauptstroms. Im nächsten Moment würde er weggeschwemmt werden.

Der Schwede machte sich daran, ihn zu halten, rief wieder etwas, das ich nicht genau verstanden habe, von einem 'ordentlichen Begräbnis' – und fiel dann abrupt auf die Knie im Sand und schloss seine Augen mit den Händen.

Im Nu war ich neben ihm; ich sah, was er gesehen hatte.

Denn gerade als sich der Körper zur Strömung ausrichtete, drehten sich das Gesicht und die entblößte Brust ganz zu uns hin und zeigten deutlich, wie die Haut und das Fleisch mit kleinen, sauber geformten Vertiefungen versehen waren, die genauso aussahen wie die Sandtrichter, die wir überall auf der Insel gefunden hatten.

»Ihr Zeichen!«, hörte ich meinen Begleiter unter seinem Atem murmeln. »Ihr furchtbares Zeichen!«

Und als ich meinen Blick wieder von seinem grässlichen Gesicht auf den Fluss richtete, hatte die Strömung ihr Werk getan.

Der Körper war mitten in den Strom geschwemmt worden, bereits außerhalb unserer Reichweite und auch fast schon außer Sichtweite, und er drehte und drehte sich auf den Wellen wie ein Otter.